*The Commentary of The Classic of Mountains and Seas*
*by*
*Song Lin*

# 《山海经》传

宋琳 著

华东师范大学出版社
上海

华东师范大学出版社六点分社 策划

此书献给马僮

# 目录

自　序 ........ 1
迎神曲 ........ 1

## 第一章 ........ 1

烛龙 ........ 3
羲和 ........ 6
太阳们 ........ 8
夸父 ........ 11
共工 ........ 14
葫芦之歌 ........ 17
大禹 ........ 20
涂山氏 ........ 24
竖亥 ........ 26
群巫的话 ........ 31

## 第二章 ........ 37

羿 ........ 39
干戚舞 ........ 45

船夫唱给誓鸟的歌········ 47

嫦娥致诗人········ 49

大章········ 52

隐飞········ 55

帝台之浆········ 59

白泽兽········ 60

蓐收········ 63

木魅········ 65

**第三章**········ 69

少昊········ 71

瑶池之上········ 73

泰逢········ 79

蚕神········ 81

丹朱········ 84

蚩尤········ 87

旱魃········ 90

贰负之臣········ 93

魃武罗········ 96

河伯········ 98

## 第四章 ······ 103

驺虞 ······ 105

脩 ······ 109

壤父 ······ 112

貘 ······ 115

帝江 ······ 118

魃头 ······ 121

飞兽神 ······ 123

"时日曷丧?" ······ 126

魔镜 ······ 129

干将剑 ······ 131

## 第五章 ······ 139

狍鸮 ······ 141

嘘 ······ 143

獬豸 ······ 146

湘灵 ······ 148

视肉 ······ 153

离朱 ······ 155

后稷 ······ 158

神长乘 ······ 161

莜莜········ 163

昆仑········ 166

合唱：天梯········ 173

# 自 序

神话的魅力为什么经久不衰？对历史我们不会深信不疑，神话却总是让人信赖的——这多少表明了幻即是真，梦境即实境。荣格通过研究神话发现了"本源意象"和"原型"，并指出"人生中有多少典型的情境就有多少原型"。根据他的理论，光怪陆离的神话世界乃是"集体潜意识"的象征，从那些原型中我们能够找到人格类型的对应物。并且，神话总是有关于开端，朝向某个开端的。柏拉图用哲学家的口吻说："开端因为自有原则，也是一位神明。"自从有了那个神秘的开端，就有了伊甸园、奥林波斯、昆仑山等等乐土。在我们对黄金时代的向往中，尽管意识到"神人杂糅"的完整世界已经被分解了，却依然抱着考古学的热望，将小心挖掘出的碎片修复起来。这项工程无异于重建巴别塔和天梯，不管能否实现，人的这一作为已经构成了新的神话，而正是从此意义上，我理解了博尔赫斯为什么说："我们依然生活在神话中。"

三十年前盛夏，我和作家北村，批评家朱大可、王欣在福州鼓岭的一个招待所里度过了几天，我们设想过未来的道德生活、文学生活，其中的一个话题是重建中国神话谱系的可能性。多年后，北村成为了基督教作家；王欣彻底地隐居起来；

朱大可则于2014年完成了上、下卷《华夏上古神系》。他兑现了诺言。尽管他的研究仍可能是基础性的，但视野开阔，具有比较神话学方面的启示。我对《山海经》的兴趣始于青年时代，时常把玩，多不求甚解。最终是闻一多的《神话与诗》、袁珂的《中国神话史》等书及顾颉刚、丁山的神话学著述促使我将写一个系列神话诗的想法付诸实行。2017年初动笔以来，历时两载写出五十首，分五章，加上新近完成的作为开篇和终篇的《迎神曲》、《合唱：天梯》，于是就有了这部诗集。

取名《〈山海经〉传》首先因为它大抵取材于《山海经》——鲁迅称这部奇书："盖古之巫书也"（《中国小说史略》），又说："巫以记神事"（《汉文学史纲要》），即它算得上一部真正的神话典籍，流传下来的神祇和灵怪大都出自它。《诗经》、《楚辞》中的神话本就相当丰富，足见诗与神话的亲缘关系。先秦著作如《尚书》、《逸周书》、《左传》、《国语》、《庄子》、《墨子》、《韩非子》等，汉代纬书以及历代志怪小说中也都有神话的片断记载，弥足珍贵。我所谓"传"乃是综合之，引申之，以个人想象之敷写，努力还原出原始神话思维中的"神事"。但建立赫西俄德或俄尔甫斯那样的"神谱"恐怕不是这本小书所能为，我相信中国古代的神谱曾经有过，遗憾的是在历史化的过程中失落了。

集中的神祇、巫祝或灵怪间以独白的方式出现，时或伴以对歌及和歌，是欲达到戏剧化的效果，即参照了古代祭神的仪式。屈原的《九歌》本是一种祭祀诗歌，其中运用了拟神口吻，我步其后尘，无非为了强化神灵出场的气氛。而《九歌》的首章与终章是迎送神曲，我本能地模拟了这种结构。

在"小众"微信平台发布的《〈山海经〉传》选章引言中我曾略述写作本书的初衷，抄录于后，权作这篇短序的结语：

古神不死，在人为人，在物为物。但郁而不发非神韵不在，而是人远离了灵枢。诗作为祷歌与巫咒，庶几可以在回溯中去接引失传的古人之大体。我所慕写不过三千之一瓢耳。

宋　琳

2019/3/24

## 迎神曲

万物都会消逝,那么众神呢?
倘若祂们也有一死,像凡人一样,
为何即使是那些半神半兽的怪物,
幽暗中的精灵,水泽或山林的守护者,
至今依然受到供奉?而未开化者的虔诚
市侩们不屑一顾。一知半解的学究,
用精细的勺子在安阳或三星堆挖掘,
寻找神活过的证据,尽皆无功而返。
我知道历史的把戏——把神降格,
若未如愿,就把神与人永久地分离,
像大力士重与黎①所做的那样。

但这只是枉然!神隐去,天道犹在。
更高的,上清的意志浩渺,思之不得,
谶却借巫祝的口隐曲地表达。
占问者接受诗的教诲,顺帝之则②
就有福,逆天而行的必遭天谴。
不知悔改的孔甲③刚唱过《破斧之歌》④,

又杀人，祈祷也无以挽回冤魂的报复。
那支射断周宣王⑤脊骨的箭不也是一样？
誓言般鸣响着，如此憯遬，发自无辜的手，
暗中却有另一双报应的手在助力。

我们往往混淆了善神与恶灵，
以为冥河隔开了生死两界，惧怕招魂。
当其中的一位向我们显现，慌乱中
一道大能的光几乎夺走呼吸，使人昏厥。
乃至在正午，秦穆公⑥在司命的神面前
因悚惕而欲逃出太庙。或许在睡梦中
人能真切地感觉那种在，因为
那里有征兆，且自星象或仪式道具，
灵的感应总是超乎我们的想象。
传说苌弘⑦能降神，不信的周人杀了他，
他的血遂化成碧玉。但更狂妄的，弑神的作为
由来已久，且几乎未曾中断。
强梁者但求长生不老，违逆天的意志，
墨子⑧对此发出的警告他们似乎听不见。
于是嬴政⑨自称始皇帝，到处与神斗，
闻湘君⑩之名而大怒，尽伐湘山树，
又在梦中与海神作战。不出一年，

便如持璧人所预言,死于沙丘⑪,
而他的帝国亦如那沙丘被大风吹散了。

神人杂糅⑫的世代何其遥远!毕竟有过。
通过一棵树,"天与人旦有语,夕有语⑬",
应和的声音传播在广阔的星际之间。
人讲着神赐的语言,那语言是音乐,
野兽们也爱听,并且跟随着节奏舞蹈。
原初的,开创的神时常下临,
居住在大地上,一如在至福的天上。
人靠近,为了一睹那邻居的风采,
而不怕被强光刺瞎双眼。
妙哉!不可见者那时不曾隐去,
因为时序和美从祂们的意愿里流出,
火也不曾失去分寸,它握在祝融⑭手中,
而烛龙⑮的光焰让漠北的冰也融化。
当太阳走过春分点,四方神中的句芒⑯
便化身为鸟,催促众树生长。
青帝⑰在春宫,听见雷鸣在叶脉里奔突,
圣水自天而降,花,没有一朵不含着甘露。
"帝者,蒂也⑱。"那原初字性摇曳着,
更神奇地昭告了诞生一切的基础,

将有生命的秘密金花般捧托而出。

早先的诗人，屈子⑬，我的导师，
正当他被流放到汉北，薄暮时分的电光
摇撼庙堂，击打在壁画上。
那位描绘神的形象的高手是谁？
甚至更早，为诗人备好了天上的盛宴。
于是，不知其始的传说突然开启了他的嘴，
中魔一般，他发出《天问》的第一问：
"曰：遂古⑳之初，谁传道之？"
强大的回风几乎将他从地面拽起。
看哪，在他的头顶，诸神的谱系星般闪耀：
女岐㉑，禺强㉒，傅说㉓，造父㉔，既是第一个
又是最后一个的太白㉕，东升而西刹的
高辛氏㉖之子阏伯与实沈㉗。北斗以北，
那逶迤的天龙是轩辕十七星㉘，还有众多
下凡的星使，亮如彩虹，使圣处女感生的流星
——他认出祂们并震惊于祂们创下的伟业。
然而，曾几何时，恰如制造洪水
被归咎于共工㉙，从天上窃得息壤㉚的鲧㉛
竟也触怒天帝，暴尸于羽山㉜之野。
难道平息洪水并非天帝的本意？

羿㉘和女魃㉙再也回不到天上又是为什么?
屈子,叹息的天才,向着初始叩问,
也向着无限。而在未来这边,
即使有人以《天对》㉚应答,也只是回声
响彻在诸神离去后的空旷和我们
因所谓进化而变得狭窄的胸廓之间。

是的,不值得信赖的是人的历史,
因为不再能灵视的人总是将目光从极处收回,
转向无何有之乡。那里除了虚无,无物生长;
那里,熙来攘往的只是向下,向下,
而不是通往命名的星座,直到在幽都㉛里,
乌号仍继续,铁面无私的后土㉜却不为所动。
而另一些,梦想追随黄帝㉝升天,
攀附在龙须和弓上面,却摔得很惨,
犹如荷尔德林㉞被阿波罗㉟击中那样,
这"伪祭师"为了看清众神的面目被抛了下来。
夸父㊱,我们知道,太阳不让祂靠得太近,
因为在神的国度里僭越尺度的也受惩罚。
当万物失重下坠,如自由落体,
或许在历史天使往回看的眼睛里,
废墟的美才是难以忍受的恐怖之始。

是的,祭仪曾经有过。让人敬畏的,
即使一个人身处暗室之中祂也在那里,
不容欺诈,而当祂是幽暗,祂也是
使隐藏的东西毕现的光。
不是最好的供奉神不尚飨,
设若有赝伪,捧在手里的也要失落。
然而曾经,泰坛、泰折、泰昭⑫,那些焚烧或
埋藏祭品的场所,朝向四方的坎坛⑬,
一度是为神灵所设。天子北面而立,
因为事神时权柄交还给了巫祝,
那闻天命者,轻盈地升降于灵山⑭。
迎神有时,送神亦有时,故圣人感叹:
"时义大矣哉!"⑮王者与庶民都活在
《月令》⑯描述的物候中,各司其职,
一如十二律⑰对应着黄道十二次⑱。
年不顺成,君布衣⑲,直到巫觋舞雩⑳,
久旱的大地又遍布神的恩泽,
连旱鬼耕父㉑也退回到清泠之渊。

而在仲春三月,万国尽皆郊祀高禖㉒。
女娲㉓,人的先姒,化身涂山氏㉔、简狄㉕和姜嫄㉖。

当天上惊现美人虹㉙,男女指着一块石头订立誓约。
宋之桑林,楚之云梦,以及赵卫和齐鲁,
修茂的树下,幽密的丛社㉚里,
近了,穿着彩衣舞《大濩》㉛的人,
脚轻盈抬起,重重地踩踏。
那夏后启㉜从天上偷到人间的音乐,那《九歌》㉝
——赵简子㉞在升天的梦中听见的,四处响起,
众神欢喜,并在天上快乐地应和。
排成八个行列的歌队,面对着广袤的八极。
动物们也来了,眼睛里不再有惊惶,
高大的凤凰的舞姿让它们倾倒。
啊!无处不是销魂,沉醉,迷狂!
当月亮在血液里激起亘古的热望,
美目交接的人成双成对隐入林中、泽畔,
"于是时也,奔者不禁。"㉟什么样的壮丽
比得上这无拘无束?什么样的幸福
猛击那凡夫俗子的心脏,使他行动慌乱?
一位女神悄然降临,引导着她相中的少年,
那少年因涉世未深而面颊羞红。
他们来到一处所在,那里是圣殿,
那里,大司乐㊱的黄钟大吕还未敲响,
少年战栗着,在极乐的体验中

难以自持,几乎已经丧亡。

女神,众多的女神,哟,开端之谜!
十个太阳㉑和十二个月亮㉒的母亲,
你们强劲的子宫该是多么惊人地硕大!
当一颗小蝌蚪般的星颤动在母亲体内,
温暖并遮护它的不就是我们称为夜的寰宇吗?
那里,万物都有待孕育和正在孕育。
即使涂山氏㉓附体于石头,仍然生下了启,
而从不可思议的女娲的肠子里
跳出来横在道上的十个大神㉔,
难道不是大地最初的守护神吗?
巨人族的夸父们㉕,在出发去为炎帝征战前,
当祂们还是婴儿,母亲得用什么材料
编织容得下他祂们的摇篮?
"太一藏于水"㉖,而神的母亲们就是那源头之水。
啜饮过的,迅速壮大的神被遣派人间——
大能的鲧、禹㉗和羿,从昆仑走下,
为沉沦于水火中的大地禳灾,驱邪。
还有从箕宿吹来大风的飞廉㉘,
从毕宿降下雨雪的玄冥㉙,
也时常受命如响,襄助天帝,

万民亲切地称颂衪们为风伯、雨师。
听！祝祷的声音扬起于东门㉓外。

但是比歌咏开创的神更难的事情是
歌咏神的后裔。那些来自天上家族的英雄们
仿佛天地的混血儿，一半是神，
一半带着人或兽的特征。或许从大自然中
取得了一个恢恑憰怪的形体，不是残缺就是多出。
衪们喜欢躲起来，一旦在哪里现身，
哪里就有灵异，以至于圣人教导我们
敬而远之。神有神的事，我们有我们的。
而长久以来，尤其是那些从人自身的局限中
认出的英雄的死，人不能忍受。
颛顼㉕和后稷㉖死而复活，成为半人半鱼的
互人，如此变形后就能返回天上。
可禹死于会稽的传说又肇始于谁的嘴呢？
史乘也只是借口转述了"民间云"㉗。
神射手羿竟为家丁逢蒙㉘所害，
难道不是为了让不可能发生的
在我们的心里发生？无尽地，让鬼雄的魂魄
像夸父的手杖搅动着云那样，搅动
我们的血液。我们，后来者，

无一不是从哀歌中学会赞颂,
仿佛佛陀涅槃时,他的弟子们和天龙八部
齐声念诵:"苦哉苦哉!世界空虚。"⑳

神,还有你们,充满神性的英雄,
你们离去后的世界是空虚且多难的。
如此巨大的空虚,即使还有息壤为我们剩下,
也无以填补我们内心那被新的洪水
冲决的大地,哀鸿遍野的大地。
你们变化无日,上下无时,谁也挽留不住。
上演了无数世纪,神的变形记!
幸亏还有你,走遍人间的脩㉑,哟路神!
当我们在歧路上彷徨,不知往何处去,
可哪里有迷津,哪里就有引路者,
站在路旁,为我们做向导。
因你的名,我们将像太章和竖亥㉒,
重新锻造测量大地的工具,带着流传下来的
这部不知作者的奇书,走向修远,
走向天梯上方那颗尚未命名的星。
缓缓地学会用脚踵呼吸,深深吸入大气——
那众神呼吸过的,并把足迹留在祂们到过的
贯胸国㉓、厌火国㉔、柔利国㉕、不死国㉖……

万物都会消逝,但众神不会!

万物方生方死,像浮游。你们却不同,

你们众神,不断地变形,且更换着名称。

我同你们说话并听着你们,倘若

守口如瓶是你们的回应,

那么我的舌将要去经受更沉重的锻打,

像夔①的皮被蒙在战鼓上敲击。

兄弟们,我们应该团结如蜜,流淌,

在大自然中。忧思与劳作,并懂得佑神,

除此之外也有来自神的暗示,像瑟瑟响的风。

这预感,我想并非巧合,而是

先在于此刻。除非我们全部的心念

足够坚定,那时离去的神和我们的祖先

——那些亲切的鬼,都将归来。

那时,征兆将流行,你们,

我们准备好迎接的,将由诸事得应验。

---

① 天帝颛顼的两个孙子,绝地天通之神。《山海经·大荒西经》:"帝令重献上天,令黎邛下地。"袁珂:"'献'、'邛'或即'举'、'抑'之意。"

② 语出《诗经·大雅·皇矣》。
③ 孔甲：夏帝，不降子。《史记·夏本纪》："帝孔甲立，好方鬼神事，淫乱。"事迹见《左传·昭公二十九年》、《吕氏春秋·音初》、《列仙传》卷上。
④ 乐名，孔甲所作。《吕氏春秋·音初》："实始为东音。"
⑤ 周宣王（？—前783年）：西周第十一代君主，周厉王之子。事迹见《墨子·明鬼下》。
⑥ 秦穆公（？—前621年）：春秋时期秦国第九代国君，又作缪公。事迹见《墨子·明鬼下》。
⑦ 苌弘：一作苌宏，周大夫，周灵王时人。事迹见《史记·封禅书》、《庄子·外物》、晋王嘉《拾遗记》。
⑧ 墨子：（约前468—前376），名翟，春秋末期战国初期宋人，墨家学派创始人。
⑨ 嬴政：即秦始皇（前259—前210），秦朝建立者，自称"始皇帝"。参见《史记·秦始皇本纪》："自今已来，除谥法。朕为始皇帝。后世以计数，二世三世至于万世，传之无穷。"
⑩ 湘君：帝尧之女，帝舜之妻娥皇。一说帝尧之女娥皇、女英的统称。参见《楚辞·九歌·湘君》。
⑪ 沙丘：《史记·秦始皇本纪》："始皇崩于沙丘平台。"唐李泰、萧德言等《括地志》："沙丘台在邢州平乡县东北二十里。"
⑫ 参见《尚书·吕刑》："民神杂糅。"
⑬ 语出龚自珍《定庵续集》卷二《壬癸之际胎观》。
⑭ 祝融：火神，灶神，炎帝裔，一说黄帝裔。
⑮ 烛龙：即烛阴，创世神。见《山海经·大荒北经》、《山海经·海外北经》。
⑯ 句芒：东方之神，司春神，亦司命神。人面鸟身。见《礼记·月

令》。
⑰ 青帝：即太昊伏羲。
⑱ 见许慎《说文解字》。
⑲ 屈子：即屈原（约前340—前278），又名屈平，字灵均，战国时楚国大臣、诗人。
⑳ 遂古：往古。
㉑ 女岐：女神，星名。《楚辞·天问》："女岐无合，夫焉取九子？"闻一多《天问释天》："女岐即九子母，本星名也。"
㉒ 禺强：即伯强，北方神，风神，箕星。参见《庄子》、《吕氏春秋》、《山海经》、《风俗通》。
㉓ 傅说：武丁相，星名。《楚辞·远游》："奇傅说之托辰星兮"，傅说星在尾星之上方。
㉔ 造父：周穆王御者，星名。《晋书·天文志》："传舍南河中五星，曰造父，御官也。"
㉕ 太白：即金星，亦名启明、长庚。白帝少昊之子。《诗经·小雅·大东》："东有启明，西有长庚。"《史记·天官书》《正义》引《天官占》："太白者，西方金之精，白帝之子。"
㉖ 高辛氏：殷人先祖帝俊之号。帝俊即帝舜。《山海经·大荒东经》："帝俊生中容"晋郭璞注："'俊'亦'舜'字假借音也。"《大荒西经》："帝俊生后稷"郭璞注："俊宜为喾，余皆以为帝舜之假借。"
㉗ 阏伯与实沈：帝喾子。兄弟不睦，死后化为参星与商星。一居西，一居东，永不相见。事迹见《左传·昭公元年》。
㉘ 轩辕十七星：《天象列星图》："轩辕十七星在七星北，如龙之体，主雷雨之神。"
㉙ 共工：炎帝裔，水神，亦雷神。《山海经·大荒西经》郭璞注引《归藏·启筮》："共工，人面蛇身朱发。"

㉚ 息壤：亦作息土。《淮南子·地形训》高诱注："息土不耗减，掘之益多。"《山海经·海内经》郭璞注："息壤者，言土自长息无限，故可以塞洪水。"

㉛ 鲧：禹父。《山海经·海内经》："鲧窃帝之息壤以堙洪水。"

㉜ 羽山：即委羽之山。《淮南子·地形训》高诱注："委羽山名，在北极之阴，不见日。"

㉝ 羿：天神，善射。参见《山海经·海内经》、《楚辞·天问》、《淮南子·本经训》。

㉞ 女魃：即旱魃。魃，旱神。《诗经·大雅·云汉》："旱魃为虐，如惔如焚。"

㉟ 《天对》：唐柳宗元作，以回应《天问》。

㊱ 幽都：地狱。参见《尚书》、《山海经》、《楚辞》、《淮南子》。《楚辞·招魂》王逸注："幽都，地下后土所治也。地下幽冥，故称幽都。"

㊲ 后土：炎帝裔，幽都统治者。《山海经·海内经》："共工生后土。"

㊳ 黄帝：号轩辕氏，中央天帝。《史记·封禅书》："黄帝既上天，（群臣后宫）乃抱其弓与胡髯号。"晋崔豹《古今注》卷下："皇（黄）帝乘龙上天，群臣援龙须，须坠而生草，曰龙须。"

㊴ 荷尔德林（1770—1843）：德国诗人，曾自称："阿波罗击中了我。"

㊵ 阿波罗：希腊神话中的太阳神。

㊶ 夸父：炎帝裔，天神。《山海经·海外北经》："夸父与日逐走，入日。"

㊷ 泰坛、泰折、泰昭：均为祭坛，分别祭天、祭地、祭四时之神。参见《礼记·祭法》。

㊸ 坎坛：祭四方之神的祭坛。参见《礼记·祭法》。

㊹ 灵山：天梯。《山海经·大荒西经》："大荒之中，……有灵

山，……十巫从此升降，百药爰在。”

㊺ 时义大矣哉：语出《周易·遁》。

㊻《月令》：《礼记》第六篇，逐月记气候、农事及天子所宜行止等。

㊼ 十二律：见《周礼·大司乐》：“凡为乐器，以十有二律为之度数。”汉应劭《风俗通·声音》：“天地之风气正而十二律定。”

㊽ 黄道十二次：黄道，日月五星所行之道；十二次，黄道周天之十二等分。次，行次。

㊾ 年不顺成，君布衣：语出《礼记·玉藻》。汉郑玄注：“君布衣者，谓若卫文公大布之衣，大帛之冠是也。”

㊿ 舞雩；《周礼·司巫》：“若国大旱，则帅巫而舞雩。”汉王充《论衡·明雩》：“《春秋》，鲁大雩，旱求雨之祭也。”

(51) 旱鬼耕父：《山海经·中次十一经》：“丰山……神耕父处之，常游清冷之渊。”《后汉书·郡国志》刘昭注引《文选·张衡〈南都赋〉》注云：“耕父，旱鬼也。”

(52) 高禖：媒神，也称郊禖。《礼记·月令》郑玄注：“高辛氏之出，玄鸟遗卵，娀简吞之而生契，后王以为媒官嘉祥而立其祠焉。”

(53) 女娲：人之先妣，造人之女神。《太平御览》卷七八引《风俗通》云：“俗说天地开辟，未有人民，女娲抟黄土作人。”

(54) 涂山氏：禹于涂山所遇女神。据闻一多《高唐神女传说之分析》，涂山氏即高唐神女。

(55) 简狄：又作简翟，殷商始祖契的母亲。《史记·殷本纪》：“殷契母曰简狄，见玄鸟堕其卵，简狄取吞之，因孕生契。”

(56) 姜嫄：亦作姜原，后稷的母亲。《诗经·大雅·生民》：“厥初生民，时维姜嫄。”

(57) 美人虹：《尔雅·释天》：“螮蝀，虹也。”郭璞《注》曰：“俗名为美人虹。”

(58) 丛社：上古祭祀场所，设于林中。《墨子·明鬼篇》：“建国营都……必择木之修茂者立以为丛位。”杨雄《太玄·聚篇》：“示于丛社。”

(59)《大濩》：又名《汤乐》，祀高禖时用的舞蹈。《周礼·大司乐》曰：“舞《大濩》以享先妣。”

(60) 夏后启：即启，汉朝讳夏后开，禹与涂山氏子。《山海经·大荒西经》：“开（启）上三嫔（宾）于天，得《九辩》与《九歌》以下。”郭璞注引《归藏·启筮》：“窃《辩》与《九歌》以国于下。”

(61)《九歌》：配合韶舞的夏人的歌诗，郊祭上帝时使用。《离骚》“奏九歌而舞韶兮。”据闻一多《什么是九歌》，上古《九歌》为九句，战国时发展为九章。

(62) 赵简子：春秋末期晋大夫。《史记·扁鹊仓公列传》：“简子寤，与诸大夫曰：‘我之帝所甚乐，与百神游于钧天，广乐九奏万舞。’”

(63) 语出《周礼·禖氏》。

(64) 大司乐：周代音乐机构，乐官之长，又称大乐正。见《周礼·大司乐》、《礼记·王制》。

(65) 十个太阳：《山海经·大荒南经》：“羲和者，帝俊之妻，生十日。”

(66) 十二个月亮：《山海经·大荒西经》：“帝俊妻常义（即嫦娥），生月十有二。”

(67) 清马骕《绎史》卷十二引《随巢子》：“禹娶涂山，……化为熊。涂山氏见之，惭而去。……化为石。禹曰：‘归我子！’石破北方而生启。”

(68) 十个大神：《山海经·大荒西经》：“有神十人，名曰女娲之肠，化为神，处栗广之野，横道而处。”

(69) 夸父们：《山海经·大荒东经》：“应龙杀蚩尤与夸父。”此夸父非追日夸父，据袁珂《中国神话传说》，夸父为炎帝裔的巨人族，追日夸父乃其一员。

⑦⓪ 语出郭店楚墓竹简《太一生水》。

⑦① 禹：治水大神，其父鲧所生。《山海经·海内经》："帝令祝融杀鲧于羽郊。鲧服（腹）生禹。"据闻一多《伏羲考》，禹为伏羲裔，属龙族。

⑦② 飞廉：风伯，箕星。《水经注》引《风俗通》："飞廉，神禽，能致风气者也。"《周礼·大宗伯》："以槱燎祀风师（伯）。"

⑦③ 玄冥：雨师，毕星。《诗经·小雅·渐渐之石》："月离于毕，俾滂沱矣。"

⑦④ 东门：《唐会要》卷二二引刘向《五经通义》："礼风伯、雨师于东门外。"

⑦⑤ 颛顼：北方天帝，黄帝裔。《国语·周语下》："星与日辰之位皆在北维，颛顼之所建也。"汉蔡邕《独断》称之为"疫神帝"。

⑦⑥ 后稷：名弃，周先祖，帝俊裔。《山海经·大荒西经》："帝俊生后稷，后稷降以百谷。"《诗经·大雅·生民》、《史记·周本纪》均叙其母姜原履上帝之迹而感生的神话。

⑦⑦ 《史记·夏本纪》："十年，帝禹东巡狩，至于会稽而崩。"《史记·太史公自序》《集解》引张晏曰："禹巡狩至会稽而崩，上有孔穴，民间云禹入此穴。"

⑦⑧ 逢蒙：羿之弟子。《孟子·离娄下》："逢蒙学射于羿。尽羿之道，思天下惟羿为愈己，于是杀羿。"

⑦⑨ 语出莫高窟148窟《涅槃经变·入般涅槃图》。

⑧⓪ 脩：祖神，即路神，共工之子。《风俗通》卷八："共工之子曰脩，好远游，舟车所至，足迹所达，靡不穷览，故祀以为祖神。"《宋书·礼志》注引崔实《四民月令》："祖，道神也。"

⑧① 太章和竖亥：禹臣，太章亦作大章。《淮南子·地形训》："禹乃使

太章步自东极至于西极，二亿三万三千五百里七十五步；使竖亥步自北极至于南极，二亿三万三千五百里七十五步。"

㉒ 贯胸国：《山海经·海外南经》："贯胸国在其东，其为人匈有窍。"《异域志》卷下："穿胸国，在盛海东。胸有窍，尊者去衣，令卑者以竹木实贯胸抬之。"

㉓ 厌火国：即厌光国。《山海经·海外南经》："厌火国在其南，其为人兽身黑色，火出其口中。"

㉔ 柔利国：《山海经·海外北经》："柔利国在一目东，为人一手一足，反膝曲足居上。"《山海经·大荒北经》："有无继民。……无骨子。""无骨子"即柔利国人。

㉕ 不死国：《山海经·大荒南经》："有不死之国，阿姓，甘木是食。"郭璞注："甘木即不死树，食之不老。"

㉖ 夔：雷神，尧、舜乐官。《山海经·大荒东经》："东海中有流波山……。其上有兽，状如牛，苍身而无角，一足，出入水则必风雨。其光如日月，其声如雷，其名曰夔。"《尚书舜典》："帝（舜）曰：'夔，命汝典乐，教胄子……'夔曰：'於，予击石拊石，百兽率舞。'"

# 第 一 章

# 烛　龙[①]

宇宙维系于我一人。
万古过去又来了一个万古。
黑暗像磐石压着我的心，
我多厌烦呀！
是什么使我安于如此的冥昭瞀闇？
庞大的身躯逶迤，不知其涯际，
双目突出，如乳钉。
体温已降至冰点，以致鼻翼中没有
任何呼吸煽动起穿越对流层的风。
"其为物，人面，蛇身，赤色。"[②]
好吧，这就是我，
假寐着，在睡眠的黑洞边。
别问我不吃不喝到底为了什么，
我在集聚能量，在等待
一个赦令般突然发作的脉冲。

直到此刻，我的聋耳朵才
突然有了听力。一个声音说：

"是时候了!"

我决定去死。奇迹就是这样发生的:

噎鸣③啊,你的钟表开始嘀嗒了。

第一次,啊!唯一的一次

我睁开眼——光,

从未有过的光,

从黑曜岩的体内溢出瞳孔。

我的每一寸肝肠都发生了大爆炸④。

请你们按住耳朵,准备好启箓。

我,烛龙,乐于死去,

在我陨落的地方升起了

无数胞囊般的星辰。

---

① 烛龙:创世神。《山海经·大荒北经》:"西北海之外,赤水之北……。有神,人面蛇身而赤,直目正乘。其瞑乃晦,其视乃明。不食,不寝,不息,风雨是谒。是烛九阴,是谓烛龙。"《山海经·海外北经》:"钟山之神,名曰烛阴,视为昼,瞑为夜,吹为冬,呼为夏,不饮,不食,不息,息为风,身长千里。"按盘古创世神话为后起,始见于三国徐整《五运历年记》:"盘古之君,龙头蛇身,嘘为风雨,吹为雷电。"袁珂《古神话选释》云其说"几乎就是烛龙的摹本。"
② 语出《山海经·海外北经》。

③ 噎鸣：时间之神。炎帝裔，一说黄帝裔。《山海经·海内经》："炎帝……生共工……共工生后土，后土生噎鸣，噎鸣生岁十有二。"《大荒西经》："大荒之中，有山，名曰日月山，天枢也。……有神，人面无臂，两首反属于头上，名曰嘘（噎）。"

④ 大爆炸：梁任昉《述异记》上引《五运历年记》："昔盘古氏之死也，头为四岳，目为日月，脂膏为江海，毛发为草木。"

## 羲　和①

只有我记得创世的第一日，
第一个早晨。一派氤氲中醒来，
我怀想起一只燕子②，两腮不觉羞红。
是谁派遣了那牵引春潮的羽翅，
打开我的器官，一遍遍嬉戏
我丰饶的血液。
如此仇恨在我的腑脏里烧灼，
我要逃脱！

天帝啊，请停下野蛮的动作，
收回你的承诺。
我宁愿做一株蓇草③
也不想被设计成如此高大而美，
好让乔装打扮的诡计
用所向披靡的神力，
在我身上撩拨起不洁的淫乐。

"嗌"——它擦身而过

并抛下一串志得意满的口哨。

一股元气在我里面化开,

使我几乎休克。

扶桑④,快扶住我!

我湫隘的子宫太局限,

受不了那火球⑤的拳打脚踢,

我感觉自己马上就要临盆了。

---

① 羲和:帝俊妻。《山海经·大荒南经》:"羲和者,帝俊之妻,生十日。"
② 燕子:《诗经·商颂·玄鸟》:"天命玄鸟,降而生商。"玄鸟即燕子。王国维《殷墟卜辞中所见先公先王考》、袁珂《中国神话史》均以帝俊为殷民族始祖神。
③ 䔄草:神草。《山海经·中次七经》:"姑媱之山,帝(炎帝)女死焉,其名曰女尸,化为䔄草,……服之媚于人。"
④ 扶桑:神树。《山海经·海外东经》:"汤谷上有扶桑。"《十洲记》:"扶桑在碧海中,树长数千丈,一千余围。"
⑤ 火球:指太阳。

# 太阳们

**合唱：大明不出，万物咸覩**[①]**。**

我们太阳，帝俊之子，不多不少，
天干之数，对应着下界的十巫[②]。
那里的万国，神人杂糅，无法区分彼此，
我们投下的光线均匀地流布，
连阴影也温柔如梦。
扶桑之上有我们至福的吊床，
风不知道自己是飞廉[③]，从沸腾的汤谷[④]吹来，
木叶叮咚，彼此拨弄出玉磬的和声。
天父引出太初与太素[⑤]：一切的开端，
时序那周而复始的美画出一个天道的圆。
鸟得而飞，鱼得而游，兽得而走[⑥]。
虎豹熊罴[⑦]是我们的朋友，掌管着人间的事物，
而我们有分寸的燃烧乃是宇宙的尺度。
甘渊[⑧]那蜜甜的水将我们沐浴，
使我们永远保持着旺盛的精力。
望着无忧的兄弟们嬉戏打闹，

那神圣的母亲心生欢喜,
并由衷赞美开辟以来
这万有之东扶疏的春意。
当戴着金乌面具的车夫备好了悬车⑨,
居上的一个便从最高枝冉冉升起。
于是,母亲亲吻了那张俊美的脸,
护送自己的娇儿,值班的神驶过天庭。

**合唱:** 空桑之苍苍,八极之既张⑩,

   时乘六龙⑪兮旦复旦⑫。

---

① 语出郭店楚墓竹书《唐虞之道》。
② 十巫:《山海经·大荒西经》:"大荒之中,……有灵山。巫咸、巫即、巫盼、巫彭、巫姑、巫真、巫礼、巫抵、巫谢、巫罗十巫从此升降……。"
③ 飞廉:见《迎神曲》注。
④ 汤谷:日出之地。亦作旸谷、阳谷。《山海经·海外东经》:"(黑齿国)下有汤谷。……十日所浴。"
⑤ 太初与太素:李零《再读郭店楚简〈太一生水〉》:与太始"并称'三气'。"
⑥ 语出近人段正元《道德学志·道之大原》。原文:"一元之理气,运转于太空间。星辰系焉,万物生焉。鸟得之而飞,兽得之而走,鱼得之而游。"

⑦ 虎豹熊罴：《山海经·大荒东经》："帝俊生中荣，中容人食兽、木实，使四鸟：虎、豹、熊、罴。"另参见《左传·昭公十七年》："少皞（昊）氏以鸟名官。"
⑧ 甘渊：《山海经·大荒东经》："有甘山者，甘水出焉，生甘渊。"《大荒南经》："有女子名曰羲和，方浴日于甘渊。"
⑨ 悬车：唐徐坚等《初学记》卷一引《淮南子·天文训》："爰止羲和，爰息六螭，是谓悬车。"此处借为高车，类"悬圃"。
⑩ 语出《山海经·大荒南经》郭璞注引《归藏·启筮》。
⑪ 语出《周易·乾》。
⑫ 语出《卿云歌》。旦复旦，《尚书大传》郑玄注："言明明相代。"

# 夸 父

而我依旧是那个被讥屑的人。
当我的同胞在涿鹿之野
与黄帝作战,
大能的蚩尤①降下风伯、雨师,
而那秃头女魃②用血盆大口,
吸干了地上的每一滴水。
可怜的叛逆者被戴上桎梏,
塑造成长着肉翅的饕餮③,
永久地背上了骂名。

我厌恶杀戮,因而选择了流亡,
一个人上路,这可不是什么浪漫。
太阳把我烤得焦黄,
我的耳坠,那两条金蛇④
在我绝望时
用蛇信摩挲我的两鬓,
舔舐我大汗淋漓的眼袋。
一路西行,我踉跄着,

再也不是巨人族威严的酋长。

要是我有神虔⑥的八条腿就好了!
在曲阿,在衡阳,在昆吾,在鸟次⑥,
太阳越想把我甩下,
我就跟得越紧。
踏着云的风火轮,我的影子
穿越后土的广袤国度。
我的乡愁长成那里的每一棵树,
而每一条河都流着我的渴。

也许我不过是一只飞蛾,
被驱光的本能所召唤,
被意志选中只为了代表血的牺牲。
近了,近了,只差一步
我就跨进了太阳,
却被火球的一亿只手抛了下来。
大泽⑦,别为我淬火,
我可不是铁,我的手杖⑧
如果会开花,就也能避邪。

① 蚩尤：炎帝裔。宋罗泌《路史·后纪四·蚩尤传》："阪泉氏蚩尤，姜姓，炎帝之裔也。"《山海经·大荒北经》："蚩尤作兵伐黄帝，黄帝……遂杀蚩尤。"
② 女魃：即旱魃。《诗经·大雅·云汉》："旱魃为虐，如惔如焚。"宋朱熹《诗集传》："魃，旱神也。"《太平御览》卷八八三引《神异经》："南方有人，长二三尺，裸形而目在顶上，走行如风，名曰魃。所见之国大旱，赤地千里。"
③ 饕餮：《史记·五帝本纪》："缙云氏有不才子，贪于饮食，冒于货贿，天下谓之饕餮。"《路史·后纪四·蚩尤传》注："三代彝器多著蚩尤之像，为贪虐者戒，其状率为兽形，傅以肉翅。"是以饕餮即蚩尤之塑形。
④ 见《山海经·大荒北经》："有人珥两黄蛇，把两黄蛇，名曰夸父。"
⑤ 神虺：《山海经·北山经》："其十神状皆彘身而八足蛇尾。"
⑥《淮南子·天文训》："日出于旸谷，……至于曲阿，是谓朝明；……臻至于衡阳，是谓禺中；对于昆吾，是谓正中；靡于鸟次，是谓小迁……。"
⑦ 大泽：《山海经·海外北经》："（夸父）渴欲得饮，饮于河渭，河渭不足，饮于大泽。"
⑧ 同上："（夸父）弃其杖，化为邓林。"清毕沅注："邓林即桃林也。"又《中次六经》："夸父之山，其北有林焉，名曰桃林。"

# 共 工[1]

我的红头发[2]是一座火焰山,
骨髓是它烧不完的燃料。
我叫康回[3],他们却送我穷奇[4]的绰号,
我知道那是怯懦者对我的诅咒。
我是一个神,他们从不给我神的名分,
他们靠我的粪便活着[5],其乐陶陶,
以为能活上八千岁。呸!
只有一天光阴的蜉蝣都比他们光彩。
我在雷泽[6]里翻一个身,
不知要碾碎多少鱼鳖的无稽之谈。
想在我的肚皮上击鼓吗[7]?
想听歌舞升平的音乐吗?
你们积攒了太多的耳垢,
该我的响雷给你们洗洗耳朵了。
我的头盖骨朝不周山[8]轻轻一触,
你们的天柱[9]竟然枯萎如水银泻地。
告诉你吧颛顼[10],呸!
全世界的洪水[11]都不够发泄我的愤怒。

① 共工：炎帝裔，水神，雷神。《山海经·海内经》："炎帝之妻，赤水之子聽訞生炎居，炎居生节并，节并生戏器，戏器生祝融，祝融降处于江水，生共工。"《左传·昭公十七年》："共工氏以水纪，故为水师而水名。"
② 参见《路史·后纪二》注引《归藏·启筮》："共工人面蛇身朱发。"
③ 康回：即庸回，共工名。《楚辞·天问》："康回凭怒？地何故以东南倾？"
④ 穷奇：神兽。《山海经·海内北经》："穷奇，状如虎，有翼，食人从首始。"《左传·文公十八年》："少皞氏有不才子，靖谮庸回，……天下之民谓之穷奇。"
⑤ 参见《列子·汤问篇》："有水涌出，名曰神瀵。……其民……饥倦则饮神瀵，力志和平。"《尔雅·释水》："瀵，大出尾下。"邢昺疏："尾犹底也。言源深大出于底下者名瀵。"此处为假借。
⑥ 雷泽：《山海经·海内东经》："雷泽中有雷神，龙身而人头。"清吴承志《山海经地理今释》卷六："雷泽即震泽。……在吴西。"即今太湖。
⑦ 参见《山海经·海内东经》："鼓其腹则雷。"
⑧ 不周山：《淮南子·天文训》："昔者共工与颛顼争为帝，怒而触不周之山，天柱折，地维绝。"《山海经·大荒西经》："西北海之外，大荒之隅，有山而不合，名曰不周（负子）。"
⑨ 天柱：《楚辞·天问》："八柱何当？"王逸注："言天有八山为柱，皆何当值？"
⑩ 颛顼：黄帝裔。《山海经·海内经》："黄帝妻雷（嫘）祖生昌

意，昌意……生韩流，韩流……取（娶）淖子曰阿女，生帝颛顼。"

⑪ 参见《淮南子·本经训》："舜之时，共工振滔洪水，以薄空桑。"

# 葫芦①之歌

**伏羲：**

被剩下的，唯一的葫芦，
在空空如也的枝叶间。
星星吊死在上面。
无影，无声，壮如牛的不死树②，
我骑着它降落。
我摘下唯一的那个葫芦，
这浑圆，孤零零的东西，
有一个肚脐形状的蒂，可做浮标，
与我们缔结了生死契。
妹妹③，四极废，九州裂④，什么也抓不住，
请攀住我的手，请对着青烟起誓⑤。
看，两股青烟合成了一股，
让我们住进这密封舱的里面，
你献出子宫，我献出精液。
让我在你身上撞击出一个蜜夜，
一粒种子越过劫波，睡入

你匏瓜般多囊的身体。

**女娲：**

絲絲瓜瓞⑥，我与人类的联结。
我的肠流得满地都是，
我捂住肚子，捂住痛，对抗着毁灭。
这无限的藤蔓将我的能量输送到天涯海角，
输送到你——我每日七十化⑦的变体。
我的血将教会你喝，教会你语言，
你小小的眼睛将转动，看见一个
破碎后刚刚修复的世界。
脑浆将在你的头颅里奔涌，
催开一朵花，叫醒一只蝴蝶的电流。
你将站立起来，以手扪天，
敲打石头，直到它永不坠落。
哥哥，你要原谅我的羞怯，
自从有了初夜就有了一切。
小时候我玩过造人的游戏，
将泥土抟成人形，向鼻孔吹气。
直到你耕耘了我，我才知道破瓜的寓意。
如果你是一，我愿意是多，
如果你是强盗，我就是向你敞开的门。

① 葫芦：西南少数民族大洪水与造人传说中，葫芦既是避水工具，又是造人材料。葫芦即匏瓠。《广雅·释器》："瓠，瓢也。"犹今语葫芦瓢。《路史·后记》二注引《唐文集》称女娲为"炮娲"，"炮"与"匏"同音，即匏瓜。魏宋均《春秋内事》："伏羲氏以木德王。"《太平御览》七八引《帝王世纪》："太昊庖犧氏……首德于木，为百王先。"葫芦乃草木之属，又"庖犧"与"槃瓠"声义相同。闻一多《伏羲考》："伏羲、女娲莫不就是葫芦的化身。"《史记·天官书》："匏瓜，有青黑星守之。"唐张守节《正义》："匏瓜五星在离珠北，天子果园。"
② 不死树：《山海经·海内西经》：昆仑"开明北有……不死树"。《大荒南经》"不死之国"郭璞注："甘木即不死树，食之不老。"
③ 宋罗泌《路史·后记》二注引《风俗通》："女娲，伏希（羲）之妹。"
④ 语出《淮南子·览冥篇》。
⑤ 唐李冗《独异志》卷下："昔宇宙初开之时，有女娲兄妹二人，……议以为夫妻，又自羞耻。兄即与其妹上昆仑山，咒曰：'天若遣我二人为夫妻，而烟悉合；若不，使烟散。'于（是）烟即合。其妹即来就兄。"
⑥ 语出《诗经·大雅·緜》。孔颖达《正义》："大者曰瓜，小者曰瓞。"
⑦《山海经·大荒西经》"女娲之肠"郭璞注："或作女娲之腹。"又："女娲，古神女而帝者，人面蛇身，一日七十变。"

# 大　禹

在所有的出生中只有我的最蹊跷。
我没有母亲①,我是石头的儿子,空气的儿子,
洪水对我怀有敌意,想一口吞掉我。
到底是谁将惩罚施予大地,以至于
一朵花的开放都受到禁止。
到处是堆积如山的死者,他们的眼睛
盯着我,责怪我的姗姗来迟。
啊,即使我能召唤来众神又如何?
瘸着腿②,站在高处,满目疮痍中
也等不来逍遥的防风氏③。
他们肥胖的头脑里塞满了民脂民膏
和瘟疫般扩散的自我。可怜!可恶!
用他们的一根懒骨头准能筑起一段防洪堤。
天地不仁,派给我重整乾坤的角色,
这导川夷岳的工程却看不见尽期。
三十岁④了,当别人在社交场合卖弄风情,
我依旧是一个光棍,躺在帐篷里
听蟋蟀的口技,听着,听着就睡着了。

有时我在晓梦中勃起,

一只雪白的九尾狐⑤闪了出去。

精灵,我对你做了什么?

虹⑥,你为什么含着泪水,如此短暂,

为我搭起幸福之门又随即拆毁?

这样也许是好的,做一个家庭的白痴,

哄孩子,招猫逗犬,不适合于我,

而我的心只铭记着九州尚未平定的水土,

得凿通龙关⑦,命名百川,得把脚印留在大越,

在茅山⑧召开众神会议。最要紧的,

是把难民安置在安全地带,

教他们别信相柳腥臭的血⑨可以做肥料的鬼话。

我杀了他,凡阻挠天道的必遭报应!

土伯⑩,滚回你的幽都去,别再勾引善良的魂魄,

无支祁⑪,我要将你锁在龟山脚下,

让你看着淮水近在咫尺,却休想喝上一口。

我知道重建人与神的通途是不可能的,

残暴的五刑使人民噤若寒蝉,

神的苗裔却已堕落成疠鬼,在人间传播恐惧。

地不足东南⑫,息壤终将耗尽,

应龙⑬在前面越走越远了。

它用尾巴在地上画下的是河图⑭吗?

庚辰⑮,请把我的咒语重复一万遍,

请把你的戟刺进黑暗,

我迷了路,我什么也看不见。

---

① 《山海经·海内经》:"鲧服(腹)生禹。"
② 汉杨雄《法言·重黎》:"巫步多禹。"李轨注:"禹治水土,涉山川,病足,故行跛也,……而俗巫多效禹步。"
③ 防风氏:巨人族。《国语·鲁语》下:"昔禹致群神于会稽之山。防风氏后至,禹杀而戮之,其骨节专车。"《述异记》卷上:"防风氏后至,禹诛之,其长三丈,其骨头专车。"
④ 汉赵晔《吴越春秋·越王无余外传》:"禹三十未娶。"
⑤ 九尾狐:《山海经·南山经》:"青丘之山……有兽焉,其状如狐而九尾,其音如婴儿,能食人。"《吴越春秋·越王无余外传》:"乃有九尾白狐,造于禹。"
⑥ 虹:汉刘熙《释名·释天》:"虹……又曰美人。……男美于女,女美于男,互相奔随之时,则此气盛。"唐瞿昙悉达《开元占经》九八引《春秋感精符》:"九虹俱出,五色纵横,或头衔尾,或尾绕头。"盖九尾狐的化身。
⑦ 龙关:晋王嘉《拾遗记》卷二:"禹凿龙关之山,亦谓之龙门。"
⑧ 茅山:即会稽山。汉袁康《越绝书·外传记地》:"禹始也,忧民救水,到大越,上茅山大会计,……更名茅山曰会稽。"
⑨ 相柳:亦名"相繇"。《山海经·海外北经》:"共工之臣曰相柳氏,九首……禹杀相柳,其血腥,不可以树五谷种。"
⑩ 土伯:幽都的守卫。《楚辞·招魂》:"土伯九约,其角觺觺些。"王

逸注："土伯，后土之侯伯也。……执卫门户，其身九屈，有角觺觺，主触害人也。"
⑪ 无支祁：水怪。《太平广记》卷四六七引《戎幕闲谈》："禹理水，……乃获淮涡水神，名无支祁。……徙淮阴龟山之足下。"
⑫ 地不足东南：语出《淮南子·天文训》。
⑬ 应龙：神龙。《山海经·大荒北经》："黄帝乃令应龙攻之冀州之野。""应龙已杀蚩尤，又杀夸父。"《楚辞·天问》："应龙何画？河海何历？"王逸注："禹治洪水时，有神龙以尾画地，导水所注，当决者，因而治之也。"
⑭ 河图：《周易·系辞上》："河出图，洛出书，圣人则之。"此处喻地图。
⑮ 庚辰：《太平广记》卷四六七引《戎幕闲谈》："禹授之童律，不能制；授之乌木由，不能制；授之庚辰，能制。"又"庚辰以戟逐去。"

# 涂山氏

**众女**：婉兮娈兮①，候人兮猗②！

在会稽之南山我喷薄而起，
斜倚着雨后初晴的朝阳，
我的心颤抖着，支配不了身体。

鹈鹕在梁上呼唤着另一只鹈鹕，
它的唾沫已干，不见圆圆的红咮
衍来泌水③的鱼为它充饥。

我全部的水珠也将要耗尽，
太阳越来越烈，将要照出我的原形。
一世过去了，我还能再活几世？

不管你多么善变，我都认得你。
别，别再行水去危险的南方，
给我一天，我要把你淹没在我里面。

哪怕只给我十分钟，一秒钟。
大禹，我知道你看见了美人虹，
洪水滔天，撼不动你和我的閟宫④。

**众女：** 九尾庞庞⑤，万舞洋洋⑥！

---

① 语出《诗经·曹风·候人》。
②《吕氏春秋·音初》："涂山之女乃令其妾候禹于涂山之阳。女乃作歌：'候人兮猗！'，实始作为南音。"
③ 泌邱地方泉水名。见《诗经·陈风·衡门》："泌之洋洋，可以乐饥。"乐饥：疗饥。
④ 閟宫：神庙，指姜嫄的庙。《诗经·鲁颂·閟宫》："閟宫有侐，实实枚枚。赫赫姜嫄，其德不回。"闻一多《高唐神女传说之分析》引孟仲子："（閟宫）是禖宫也。"此处喻涂山氏与禹密会之所。
⑤ 语出《吴越春秋·越王无余外传》。
⑥ 语出《诗经·鲁颂·閟宫》。

# 竖 亥

走过了多少山川,蓬头垢面,
像个苦行头陀,乞食于寻常巷陌,
在歧路上叩问浮云的遗址。

什么样的天谴让我双脚浮肿,
从极地到极地,继续这流浪,
忍受着祸斗①喷出的火,蜮②射出的水弩,
血液的狂澜时冷时热。
没有水平仪和指南针,
却要将整个大地装入坤舆图③中。
谁若看见我"左手把筭,右手指青丘北"④,
谁就知道我有多邋遢,多笨拙。

贰负之臣⑤披着长发,
双手被反捆在背后,骂骂咧咧。
他犯了什么天条?我是否该将他解救?
如果魃武罗⑥愿将他的快活分一半给我,
我就请求让我留在水渚旁,

加入看管蜗牛的行列。
为何长臂人⑦见到我就仰头大笑？
他们会不会抱住我，用长嘴唇舔我？

我熟悉恐惧，但我还不能死。
就当我是一个逃荒者吧。
在巨人国无敌的大船⑧上，
我亲眼见到大壑⑨以东的沃焦⑩，
羿射落的太阳像搁浅的座头鲸，
喘着粗气，大海也扑灭不了的火焰
使半个天空都在燃烧。
而在终北，在永夜的羽山，
鲧拒绝腐烂的尸体⑪裸露在冰床上，
像一盏灯，照亮咫尺之遥
那伟大的小偷从天上偷来的息壤，
它填平别人的沟壑，
却盖不住自己的双脚。

呜呼！我到底该哀悼还是去控诉？
大洪水已经退去，共工
也已流放幽州⑫，为何不周山
还在我的头上轰鸣，轰鸣？

木魅、水灵、山袄、石怪⑬，
轮番出没，用鬼脸吓唬我。
我将它们分门别类，
——收录在我的辞典里。

涉过黑水，我深入幽都的最底层，
并测量了它的深度。
我经历的恐怖使我
返回地面时几乎成了哑巴。
而就在它的门楣下，我看见对面
那祥云笼罩的昆仑虚⑭，
我知道我永远到不了那里，
我的德行只允许我在此停步。
满葫芦的弱水⑮是对我的最高奖赏，
于是我把箅对准太阳的光线，
记下那山的高度。

---

① 祸斗：《山海经·海外南经》："厌火国在其（讙头）南。"清吴任臣《广注》引《本草集解》："'南方有厌火之民，食火之兽。'注云：'食火兽名祸斗也。'"明邝露《赤雅》："祸斗，似犬而食犬粪，喷火作殃，不祥甚矣。"

② 蜮：《山海经·大荒南经》："有蜮山者，有蜮国之民。"郭璞注："蜮，短狐也，似鳖，含杀射人，中之则病死。"《汉书·五行志》："蜮……在水旁，能射人，射人有处，甚者至死。"

③ 坤舆图：中国古代地图的名称。

④ 语出《山海经·海外东经》。《南山经》："又东三百里，曰青丘之山。"

⑤ 贰负之臣：《山海经·海外北经》："贰负神在其（鬼国）东，为物人面蛇身。"《海内西经》："贰负之臣曰危，危与贰负杀窫窳，帝乃梏之疏属之山，桎其右足，反缚两手，系之山上木。"

⑥ 魍武罗：《山海经·东山经》："……青要之山，实惟帝之密都。……是多仆累（蜗牛）、蒲卢（蜃蛤）。魍武罗司之。"《大广益会玉篇》："魍，山神也。"

⑦ 长臂人：《山海经·海外南经》："长臂国在其东，捕鱼水中，两首各操一鱼。"《淮南子·地形训》作"修臂民"，高诱注："一国民皆长臂，臂长于身也。"

⑧ 巨人国无敌的大船：《山海经·海外东经》："大人国在其北，为人大，坐而削船。"清郝懿行《山海经笺疏》："'削'当读若'稍'，削船谓操舟也。"

⑨ 大壑：《山海经·大荒东经》："东海之外大壑，少昊之国。"《列子·汤问篇》："渤海之东，有大壑焉，实惟无底之谷，名曰归墟。"

⑩ 沃焦：《庄子·秋水》成玄英疏引《山海经》（今本无）："羿射九日，落为沃焦。"宋无名氏《锦绣万花谷》前集卷五："沃焦在碧海之东，有石阔四万里，厚四万里，居百川之下，故又名尾闾。"

⑪ 《山海经·海内经》郭璞注引《归藏·启筮》："鲧死三岁不腐。"

⑫ 《尚书·尧典》："舜……流（放）共工于幽州。"

⑬ 木魅、水灵、山袄、石怪：语出《太平广记》卷四六七引《戎幕闲

谈》。
⑭ 昆仑虚：《山海经·海内西经》："昆仑之虚，在西北，帝之下都。……方八百里，高万仞。"
⑮ 弱水：《山海经·大荒西经》："昆仑之丘，……其下有弱水之渊环之。"

# 群巫的话

## 一、巫咸[①]:

我知道不久将有一场恶战。
泰逢[②]隐于和山,凤凰[③]隐于丹穴。
我已看见手操矛和盾的无头族[④]
纷纷降落下来。

## 二、巫即:

修辞成灾,无处不是江湖,
反舌国[⑤]里飞来飞去的只有犬儒。
黑肉从北方来[⑥],如长着小眼睛的视肉[⑦],
割下一片就长出一片,快过我预言的速度。

## 三、巫盼:

我不知什么是征兆,
我只会疯疯癫癫地跳舞。
左旋,右旋,左旋[⑧],
过去和未来都不能阻挡我的禹步[⑨]。

## 四、巫彭⑩：

大圆在上，大矩在下⑪。
我在密室里揲蓍布卦，
颠倒错综的无非是大衍之数⑫。
我不敬王者⑬，但王者必问道于我，
一爻动，看，采女⑭的辎軿来了。

## 五、巫姑：

一些人死后化为鱼，
一些人死后化为熊⑮。
鲧，你将复活！
我的吴刀⑯触到了你的尸体，
我为你接生了大禹。

## 六、巫真：

假尔泰，筮有常⑰。
问卜者为何心中觳觫⑱？
眉间尺⑲早已在他梦里飞伏。

## 七、巫礼：

我踩到了老虎的尾巴，它却不咬我，

即使凶残的梼杌㊽闯进来,我也能治服它。
那像窫窳㊾一样无辜的人何止千万,
只要你一息尚存,保有真气,
我的玉膏就能愈合你的伤口。

## 八、巫抵:

见到八条腿、两个头的神怪㊿,你的国家将有战乱;
见到长得像狐狸的獙獙㊶,天下将要大旱;
见到胜遇鸟㊷,你居住的城市将发大水;
见到毕方鸟㊸,你的房屋将着火。

## 九、巫谢:

别哭,孩子!
快躲进柜子里。
别让鬼车㊹的脏血
沾上你的衣服。

## 十、巫罗:

我实在告诉你们:自从重和黎
将天地无限地分离,再没有一架
建木㊺做的天梯,在众目睽睽之下
好让我们爬上去,消失在云端,

好让你们鹅一般昂着头,

等天瑞落进张大的嘴。

六神无主的人啊,你们好自为之吧!

———————

① 巫咸:神巫名。《太平御览》卷七九引《归藏》:"昔黄神与炎神争斗涿鹿之野,将战,筮于巫咸。"
② 泰逢:《山海经·中次三经》:"和山……吉神泰逢司之。其状如人而虎尾,……出入有光。"
③ 凤凰:《山海经·南次三经》:"丹穴之山……有鸟焉。其状如鸡,五采而文,名曰凤皇(凰)。"
④ 无头族:指夏耕之尸。《山海经·大荒西经》:"有人无首,操戈盾立,名曰夏耕之尸。"
⑤ 反舌国:《山海经·海外南经》:"反舌国在其东,其为人反舌。"《吕氏春秋·功名》高诱注:"南方有反舌国,舌本在前,末倒向喉,故曰反舌。"
⑥ 语出《睡虎地秦简〈日书〉》(乙种157—158)。
⑦ 视肉:《山海经·海外南经》:"狄山,……爰有……视肉。"郭璞注:"聚(视)肉,形如牛肝,有两目也;食之尽,寻复更生如故。"
⑧ 参见李泽厚《说巫史传统·由"巫"而"史"》引《周易》:"左旋知往,右旋之来。"
⑨ 禹步:《洞神八帝元变经·禹步致灵》:"禹步者,盖是夏禹所为术,召役神灵之行涉。"另见《大禹》注②。
⑩ 巫彭:神巫名,巫医。东汉宋衷《世本·作篇》、《吕氏春秋·勿

躬》皆云:"巫彭作医。"

⑪ 语出《吕氏春秋·不侵》:"爰有大圆在上,大矩在下,汝能主之,为民父母。"

⑫ 大衍之数:语出《周易·系辞上传》:"大衍之数五十,其用四十有九。"

⑬ 不敬王者:语出南朝梁僧佑《弘明集》卷五所收慧远《沙门不敬王者论》。

⑭ 采女:仙女名。见葛洪《神仙传·彭祖》。

⑮《淮南子·地形篇》:"后稷垅(坟墓)在建木西,其人死复苏,其半鱼(身体一半变为鱼)在其间。"《左传·昭公十七年》:鲧死后"化为黄熊。"

⑯ 吴刀:清严可均《全上古三代秦汉三国六朝文》辑《归藏·启筮》:"鲧殛死,三岁不腐。副之以吴刀,是用出禹。"宋沈括《梦溪笔谈》卷十九:"唐人诗有言吴钩者,吴钩,刀名也,刀弯,今南蛮用之,谓之党葛刀。"

⑰ 语出近人尚秉和《周易古筮考·筮仪》,盖筮史之辞。

⑱ 觳觫:惊恐。

⑲ 眉间尺:亦作"眉间赤"、"赤鼻"。干将、莫邪之子。《搜神记》卷十一:"王梦见一儿,眉间广尺,言欲报仇。"

⑳ 梼杌:颛顼子。《左传·文公十八年》:"颛顼氏有不才子,不可教训,不知话言,……天下之民谓之梼杌。"《神异经·西荒经》:"西方荒中有兽焉,其状如虎而犬毛,……搅乱荒中,名梼杌。"

㉑ 窫窳:神兽,亦作猰貐、猰㺄。《山海经·海内南经》:"窫窳龙首,居弱水中。"《海内经》:"有窫窳,龙首,是食人。"

㉒《山海经·西次三经》:"爰有淫(瑶)水,青清洛洛,有天神焉,其状如牛而八足、二首、马尾,……见则其邑有兵。"

㉓ 獙獙：《山海经·东次二经》："姑逢之山，有兽焉，其状如狐而有翼，其音如鸿雁，其名曰獙獙，见则天下大旱。"

㉔ 胜遇鸟：《山海经·西次三经》："玉山……有鸟焉。……其音如录，见则其国大水。"

㉕ 毕方鸟：《山海经·西次三经》："章峨之山，……有鸟焉，其状如鹤，一足，赤文青质而白喙，名曰毕方，其名自叫也，见则其邑有讹火。"

㉖ 鬼车：即姑获鸟，又名隐飞、鬼鸟。宋周密《齐东野语》卷十八："鬼车，俗称九头鸟。……昔有十首，为犬噬其一，至今血滴人家为灾咎。"

㉗ 建木：天梯。《山海经·海内经》："有木，青叶紫茎，玄华黄实，名曰建木。……太皞爰过（上下），黄帝所为。"

# 第 二 章

# 羿

## 一

人间只有沉沦,因而我
渴望回到天庭。
我不是英雄,在家眷眼里
我或许更像个浪人。
关于我的谣言比封豨①的唾沫还多,
比凿齿②的牙印还深。
对不起了,河伯③,
我射瞎你的左眼,
不是为了你美丽的妻子,
而是为了那些被献祭的童女们。
你该尝尝血腥的滋味!
剩下的那只眼也闭起吧,
直到浑浊的河水变清。

## 二

十日并出④,啊!何等的恐怖!

它们失去分寸，跑出了自己的轨道，
它们把天空当作马戏团，
玩着狮子跳火圈的游戏。
这些曾经那么可爱的毛茸茸的东西
为什么摇身为一群恶少？
撕碎了引力波和小行星的胚胎。
火舌触到谁，谁就成焦土，
大地如炼狱，连河床都在燃烧。
可怜的女丑⑤，我看见她站在秃山上，
举起双手，我听见她嘴里咕哝着
某种献给上帝的计策。
万民在哭泣，在等待一场
憋在远方，梅子般解渴的雨。
女丑，你不必以袂掩面，你救不了这个世界，
在你身边该羞愧的是姗姗来迟的我。
毒太阳，你们闯祸！
本是凤凰却要扮演乌鸦的角色。
弦在我的扳指上一松，看，
箭射了出去。

三

我越来越苦闷，不知何时起

我被换了血,拖着沉重的肉躯
躺在草丛里,蚂蚁也不来亲近我。
九婴①的尸体漂在凶水之上,我闻得到
它的恶臭,而在寿华之野,
齿凿的牙咬着它的盾,不肯松开。
什么样的原欲在修蛇②的近视眼里瞪着,
让大象不寒而栗。
哦,我厌倦了这淫游,这逸猎。
封豨的蒸肉天帝不尚飨⑨,
难道我夺走他的九个不肖子的命
令他龙颜不悦?难道他后悔于
那至高的命令而要取消我的神性?
已甚,殆也!我宁与断发的越人鬼混,
也不想听嫦娥⑩从早到晚的哀怨。

## 四

西王母⑪,我请求你!
在上的漠不关心生者的短暂,
跋扈的继续跋扈,百艰只能抱着困厄
抱着死,睡入永夜。
我请求你派遣三青鸟⑫
到下界去看看。

疫痢已蔓延到三危山[12]下,
枯骨堆高过了城阙。
是的,白云在天,山隧自出[13],
唯有我能飞渡千山来到你的面前。
来,让我们谈谈那些阻隔,那些恨,
在人满为患的幽都里
敦脄伸长血拇[14],互相撕咬,追逐,
多少亡灵在等待你玉手的超度。
再见了,西王母。
你给了我不死的配方,
但我知道我只有一种结局。

## 五

我死了吗?昼寂包围了我,
唯一的太阳吸着我的血。
有黄[15],你的预言应验了,
嫦娥,我看见你升天。
翩翩归妹呀,独将西行[16],
遇到坏天气不要惊慌。
我肝脑涂地,妒忌的桃棓[17]
给了我重重的一击。

① 封豨：大豕。《淮南子·本经训》："尧之时，……封豨、修蛇皆为民害，尧乃使羿……杀擒封豨于凶水之上。"高诱注："封豨，大豕也。"
② 凿齿：人形怪兽。《山海经·海外南经》："羿与凿齿战于寿华之野，羿射杀之，在昆仑虚东。"
③ 河伯：黄河水神。亦名冯夷、冰夷、无夷。《酉阳杂俎·诺皋记》称其："人面鱼身。"《楚辞·天问》："胡射乎河伯而妻彼雒嫔？"王逸注："雒嫔，水神，为宓妃也。羿又梦与洛水女神宓妃交接也。"又"传曰，河伯化为白龙，游于水旁，羿见，射之，眇（瞎）其左目。"
④ 语出《楚辞·招魂》、《淮南子·本经训》。
⑤ 女丑：女巫。《山海经·海外西经》："女丑之尸，生而十日炙杀之，在丈夫北，以右手鄣其面。"《大荒西经》："有人衣青衣，以袂蔽面，名曰女丑之尸。"
⑥ 九婴：怪兽。《淮南子·本经训》："尧之时，……九婴为民害，尧乃使羿……杀九婴于凶水之上。"高诱注："九婴，水火之怪，为人害。"
⑦ 修蛇：大蛇。《淮南子·本经训》："……尧乃使羿……断修蛇于洞庭。"
⑧ 参见《楚辞·天问》："何献蒸肉之膏而后帝不若？"
⑨ 嫦娥：女神，羿妻，亦作常娥、姮娥。
⑩ 西王母：女神。《山海经·西次三经》："玉山，是西王母所居也。西王母其状如人，豹尾、虎齿而善啸，蓬发戴胜（首饰），是司天厉及五残。"
⑪ 三青鸟：《山海经·大荒西经》："有西王母之山，……有三青鸟，

赤首黑目，一名曰大鵹，一名少鵹，一名青鸟。"
⑫ 三危山：《山海经·西次三经》："三危之山，三青鸟居之。是山也，广员百里。"
⑬ 语出《穆天子传》。
⑭ 敦脄伸长血拇：参见《楚辞·招魂》："敦脄血拇，逐人駓駓些。"
⑮ 有黄：清马骕《绎史》卷十三引张衡《灵宪》："嫦娥，……窃西王母不死之药服之，奔月。将往，枚筮于有黄。"
⑯ 语出《灵宪》。原文："翩翩归妹，独将西行，逢天晦芒，毋恐毋惊，后且大昌。"
⑰ 桃棓：《孟子·离娄》："逢蒙学射于羿，思天下惟羿愈己，于是杀羿。"《路史·后记十三》："（羿）将归自畋，庞门（逢蒙）取桃棓杀之。"棓：大杖。

## 干戚舞①

身首异处对你们而言是惊悚,
对于我却是激情与加倍的礼赞。
我那硬得像一颗陨石的头颅,
因为思乡而回到了故里。
常羊山②啊,请接纳它如那位圣婴③!
万世之后,将有人前来考古,
击釜般轻扣我浑圆如穹庐的顶盖。
他或将听见《扶犁》与《丰年》④
——我为神农制作的田园歌诗,
从骨头乐器里轻飏而出,
南风般将终北国吹遍。
哦,为了那一天,我必须铭记
此刻,因为此刻乃是血流漂杵⑤,
是寸步不让的干戚舞。
嗷嗨,舞起来,方盾与大斧,
嗷嗨,舞起来,日月与星辰。
我的躯干鼓胀起十二座山的力量,
五脏听从心跳实现了总动员。

我的肚脐呼吸着,乳突目空一切⑥。

我,刑天⑦,一个非人,站在这里,

我的脚已经生根。

---

① 《山海经·海内西经》:"形(刑)天与(黄)帝争神,……操干戚以舞。"晋陶潜《读山海经》:"刑天舞干戚,猛志固常在。"
② 常羊山:《山海经·海内西经》:"帝断其首,葬之常羊之山。"
③ 圣婴:此处指炎帝。常羊山为炎帝出生地。清马国翰《玉函山房辑佚书》辑《春秋元命苞》:"少典妃安登游于华阳,有神龙首感于常羊,生神农。"
④ 参见《路史·后纪三》:"炎帝乃命邢(刑)天作扶犁之乐,制丰年之咏。"
⑤ 语出《尚书·武成》。
⑥ 《山海经·海内西经》:"形(刑)天乃以乳为目,以脐为口。"
⑦ 刑天:亦作"邢天"、"形天"。炎帝臣。王国维《观堂集林·卷第六·释天》:"案,《说文》:'天,颠也。'《易·睽》:'六三,其人天且劓。'马融亦释天为'凿颠之刑'。是天本谓人颠顶。""刑天"盖断首之意。

## 船夫唱给誓鸟①的歌

但愿精卫②不死,但愿它燕子般的
轻盈体态擦过船头时,
羽翼不沾上一滴水。

她那少女的眼睛里含着哀怨,
在多少个晨昏望穿了秋水,
侧身于东海的滚滚波涛上空。

美丽的冤禽③,不辞辛劳者,
规划着亘古未有的浩大工程,
口衔徒然的细石与微木。

她的誓言在人间流传了多少世纪?
任潮涨潮落,人与鱼鳖沉浮,
下面兀立着毫不退让的深渊。

看她亲人般飞翔在我们周围,
骄傲如旗帜,锐利如神的剪刀,

剪断禺䝠④的怒髭,引导我们前行。

---

① 誓鸟:《述异记》卷上:"昔炎帝女溺死东海中,化为精卫……曾溺此川,誓不饮此水。精卫……一名誓鸟。"
② 精卫:《山海经·北次山经》:"发鸠之山……有鸟焉,其状如乌,文首,白喙,赤足,名为精卫,其名自詨。是炎帝之少女名曰女娃。女娃游于东海,溺而不返,故为精卫。常衔西山之木石,以堙于东海。"
③ 冤禽:《述异记》卷上:"精卫……一名冤禽,又名志鸟,俗呼帝女雀。"
④ 禺䝠:海神。《山海经·大荒东经》:"东海之渚中,有神,人面鸟身,珥两黄蛇,践两黄蛇,名曰禺䝠。……禺䝠处东海,是惟海神。"

## 嫦娥①致诗人

深夜里,我点燃自己照亮天心。
皓月的秋千已经荡起,
马上要将我抛出去了。
我,魂魄荧荧,
丰沛如一只眉毛细长的秋虫。
我的蛾子脸
照见清癯的你、狂狷的你,
也照见万古愁。

我唯一的事情是瞻眺。
多少天涯隔绝的人等待我,
用簌簌而下的桂花②向他们耳语。
情人们指着我起誓,
苦役犯在天山下祈祷:
"女神啊,今夜请抱着我入眠吧!
一生中有一次
在你的不朽中焚烧,
我就可以去死。"

诗人，我的知音，我的兄弟，
只有你知道，
我寄居在另一个星球已经太久。
永恒压得我心口疼痛，
当你赞美着友谊、睡眠与团圆，
雷鸣那吴刚③沉闷的砍伐声
只助长我的孤独。

快唤醒酩酊的大羿，
让他去请求西王母，
用一剂解药恢复我的真身④吧！
夜啊，请帮助你的姐妹，
让秋千再靠近地球一点，
我要攀住那射手的双肩。

---

① 嫦娥：《山海经·大荒西经》："帝俊妻常羲（嫦娥），生月十有二。"《诗经·大雅·生民》"时维后稷"疏引《大戴礼记·帝系篇》作"常仪"，谓帝喾下妃娵訾之女。嫦娥流传最广的第三个身份是羿妻，见《淮南子·览冥训》。
② 唐段成式《酉阳杂俎·天咫》："旧言月中有桂，有蟾蜍。故异书言，月桂高五百丈，下有一人，常斫之，树创随合。"

③ 同上:"人姓吴,名刚,西河人,学仙有过,谪令伐树。"
④ 参见李商隐《嫦娥》:"云母屏风烛影深,长河渐落晓星沉。嫦娥应悔偷灵药,碧海青天夜夜心。"

# 大章

夔仿山川溪谷之音，作乐《大章》，天下大和。
——《帝王世纪集校》①


东海将青碧的流波山②摄入它的镜面，
涌浪间，女巫骑着人鱼③快活地游行。
岱舆与员峤④，冥冥渺渺的午梦，
向求永生者发出诱惑的灵光。
眼看要到了，忽然又远了一程。
大海，啊归墟！深如一口不见底的水井，
我俯身在你上面看见自己羚牛⑤的脸
和一对只会招风的讨人厌的耳朵。
舜命令我典乐⑥，我却终日沉默，
在千丈瀑布下方，临流枯坐，
沉思着注焉而不满的玄理。
听不见天体的清商⑦我心伤悲，
我行吟的形象多寂寞，多憔悴。

我知道我祖先的皮曾被剥下制成鼓，

骨头被用作鼓槌猛击,声音震响五百里⑧,

九州之内的敌人无不惊惶悚惕。

而我,乐师,幸存者,已修成一曲。

天地之间我用一只脚⑨站立,故我升起

如一棵树,唯一的树。

我呼唤起大海,呼唤起巨灵⑩,

我体内的一切纤维和血管迸裂⑪。

听!你们要听!我推翻了古老的律吕,

我的音乐将把你们耳朵里的尘垢剃净。

百鸟朝我飞来,在我身上筑巢,

野兽们停止角斗,在魔法中静立着,

石头乱飞,但不会击中任何人⑫。

---

① 《帝王世纪》:晋皇甫谧撰。《帝王世纪集校》:清宋翔凤辑。

② 流波山:《山海经·大荒东经》:"东海中有流波山,入海七千里。其上有兽,状如牛,苍身而无角,一足,出入水则必风雨。其光如日月,其身如雷,其名曰夔。"

③ 人鱼:《山海经·海内北经》:"陵鱼人面手足鱼身,在海中。"郝懿行笺疏:"号曰人鱼,盖即陵鱼也。"《海外西经》:"龙鱼陵居在其北……即有神圣乘此以行九野。"

④ 岱舆与员峤:《列子·汤问篇》:"其(归墟)中有五山焉,一曰岱舆,二曰员峤,三曰方壶,四曰瀛洲,五曰蓬莱。"

⑤ 或因夔"状如牛",故又与"夔牛"相混。
⑥ 典乐:《尚书·尧典》:"(舜)帝曰:'夔,名汝典乐,教胄子……'"
⑦ 清商:古五音之一,商声。
⑧《山海经·大荒东经》:"……夔,黄帝得之,以其皮为鼓,……声闻五百里,以威天下。"
⑨《国语·鲁语》:"夔一足,越人谓之山缫,人面猴身能言。"
⑩ 巨灵:河神名。《文选·张衡〈西京赋〉》:"巨灵赑屃,高掌远蹠,以流河曲。"
⑪ 此句化用里尔克1922年2月11日给玛丽·封·图恩与塔克西斯侯爵夫人的信:"……我体内的一切纤维和组织,一两天内轰然迸裂了。"
⑫《尚书·尧典》:"夔曰:'於,予击石拊石,百兽率舞。'"

# 隐飞①

> 我抓住了皇后!
> ——马拉美《牧神的午后》

## 一

幽密的池塘,闪亮的黑手镯,
风挑逗着我们的发丝和腋窝。
白昼让我们害怕,因而我们蒸发,
在夜的庇护下我们体温升高,血液复活。

姐妹们翩然落下,轻盈如月,嬉闹着
脱去羽衣,袒露出天女的真容。
我们以玉为食,肌肤也晶莹如玉,
从未有目光配得上神赐的福气。

水波不兴,化合着皓月之精,
我们的长发漂在水面如香兰与郁蕙。
吸入的直抵脾脏,吐出的是元气,

让开败的又婀娜于遥远的星际。

不要怪我们逃避着人类。他们
太挥霍,太会繁殖,却不懂得哺育②。
待沐浴完毕,我们将潜入夜色,
掠走白胖胖的婴儿,教他们神一样勃起。

## 二

那是什么人③?躲在芦苇丛中,
参差的心跳扰乱了夜的次序。
他瘫软在筋骨上面,只剩下红眼睛
做着一个偷天换日的淫梦。

你,冒失鬼!滚回你的茅屋里,
跪在灯下,默祷薅收④保佑你今年的收成,
或到你的田畴上去,咀嚼谷粒,
反刍劳顿之后酸涩的狂喜。

你若是不听,我们就将你当作瘟疫来驱赶。
穷奇⑤会化身蛊虫,咬你的鼻子,
咬你的肝肠,直到你的欲火熄灭,
幡然悔悟,日出时走向一个农夫的正业。

呀！你难道是吃了豹子胆？
什么妖孽使愚蠢的灵魂突然施起诡计，
使我的咒语失灵？闪电的探照灯站在他身后，
照亮我的耻辱，我想自毁于无地。

## 三

姐妹们穿上美丽的羽衣，
掠过树梢，在天上围成圈，回望
那惊魂未定的所在。她们抛下我，
怎么忍心，我瑟瑟发抖的伶仃。

他扛着我像扛着一俱尸体，
那莽汉，死鬼，喘着粗气狂奔。
我咬紧牙关，目光却四下搜寻
我那被盗的羽衣，我的护身符。

池塘已恢复平静，几颗灾星
见死不救，佯装不知夜幕下的动静。
我欲生不能，欲死也不能，
夜啊夜，冷酷如一座坟茔。

我挣扎着昏厥过去,不知过了多久,
一天?一年?一个被梦见的现在?
那豫章男子推门进来,举止焕然一新:
"夫人,请用膳,请接受我的膜拜!"

---

① 隐飞:即姑获鸟、鬼车,俗称"鬼鸟"、"九头鸟"。鲁迅《古小说钩沉》辑郭璞《玄中记》:"姑获鸟夜飞昼藏,盖鬼神类。一名夜行游女,一名钩星,一名隐飞。"盖衍生自《楚辞·天问》之女岐即九子母神话。
② 参见《玄中记》:"鸟无子,喜取人子养之,以为子。"
③ 参见《玄中记》:"昔豫章男子,见田中有六七女人,不知是鸟,匍匐往,先得其毛衣,取藏之,即往就诸鸟。诸鸟各去就毛衣,衣之飞去。一鸟独不得去,男子取以为妇。"
④ 蓐收:刑神。《国语·晋语二》:"蓐收……天之刑神。"《山海经·海外西经》:"西方蓐收,左耳有蛇,乘两龙。"
⑤ 穷奇:神兽名。《山海经·西次四经》:"邽山,其上有兽焉,其状如牛,蝟毛,名曰穷奇。音如獋狗,是食人。"《后汉书·礼仪志中》:"穷奇、腾根共食蛊。"

# 帝台之浆①

云光交织着,缝合着天上的缝隙,
那里有一条高泉不知从何处渗漏,
这亘古的涌动,浪费着万古愁。

树枝逍遥,花朵迷醉而沉重,
大自然将一个气象密藏于袖子中,
七星如斗,舀不起它的一滴琼浆②。

从未有人在那镜中被幸福淹没,
从未有过一个修远,带着心痛,
喝下热泪,如喝下壮烈的苦胆。

---

① 帝台之浆:《山海经·中次十一经》:"高前之山,其上有水焉,甚寒而清,帝台之浆也,饮之者不心痛。"帝台:盖小天帝。《晋书·束皙传》:"《穆天子传》五篇,言周穆王游行四海,见帝台、西王母。"
② 参见《诗经·小雅·大东》:"维北有斗,不可以挹酒浆。"

## 白泽兽①

天下之无道也久矣②!鬼魅呼号,
黄帝的四张脸太丑③,镇不住四方。
夜游神④举着手,走过世界之夜半,
红肩膀筑起的人墙也不能将黑暗阻挡。
灭蒙鸟⑤不至,雒棠树⑥等来的是天斧,
人民宁愿裸体,也不想裹它的皮。
这些巧妙的避世者,我的老师,
深谙什么是危险,羚羊挂角,
即使踏在雪地上也不留行迹。
彗出柳度,鲸死浊浪⑦,感应又一次
撼动了乡关。你为什么还不愤怒?

天下之无道也久矣!圣言不立,
五彩的石棋⑧移出了神布列的星局。
天犬⑨狂吠,猾褢⑩的声音可以伐木,
那虺⑪与人的混血儿爬出洞穴,
每伸一个懒腰,就有一排连枷倒下。
我不是神荼或郁垒⑫,我不会捉鬼,

但我的火眼金睛是天生的。

画师，考验你技艺的时候到了，

鬼者，归也⑬，将借你的腕力现形。

当黄帝大合众神于西泰山之巅⑭，

我献上的是一部恐怖百科全书⑮。

---

① 白泽兽：神兽。宋张君房辑《云笈七签》卷一百《轩辕本纪》："帝巡狩，东至海，登桓山，于海滨得白泽神兽，能言，达于万物之情。"

② 语出《论语·八佾》。

③《尸子》（辑本）卷下："子贡问孔子曰：'古者黄帝四面，信乎？'"《吕氏春秋·贵公篇》："丑不若黄帝。"

④ 夜游神：《山海经·海外南经》："有神人二八，连臂，为帝司夜于此野。其为人小颊赤肩，尽十六人。"明杨慎补注："南中夷方或有之，夜行逢之，土人谓之夜游神，亦不怪也。"

⑤ 灭蒙鸟：凤凰属。《山海经·海外西经》："灭蒙鸟在结匈国北，为鸟青，次赤尾。"

⑥ 雄棠：《山海经·海外西经》："（肃慎国）有树名曰雄棠。圣人代立，于此取衣。""雄"：郭璞注："或作雒。"

⑦ 参见《淮南子·天文训》："鲸鱼死而彗星出。"柳，二十八宿之一。度，二十八宿与天球赤道的分度。《天文训》："柳十五。"即柳宿十五度。柳宿的分野在周地。

⑧ 见《山海经·中次七经》："休与之山，其上有石焉，名曰帝台之棋，五色而文，其状如鹑卵。"

⑨ 天犬:《山海经·大荒西经》:"有赤犬,名曰天犬,其所下者有兵。"
⑩ 猾裹:《山海经·南次二经》:"尧光之山,有兽焉,其状如人而彘鬣,穴居而冬蛰,其名曰猾裹,其音如斫木,见则县有大繇。""大繇":郭璞注:"谓作役也,或曰其县乱。"
⑪ 彘:猪。
⑫ 神荼与郁垒:汉王充《论衡·订鬼》:"《山海经》又曰:沧海之中,有度朔之山,上有大桃木,……其枝间东北曰鬼门,万鬼所出入也。上有二神人,一曰神荼,一曰郁垒,主阅领万鬼。"《风俗通·祭典》:"《黄帝书》曰:'上古之时,有荼与郁垒昆弟二人,性能执鬼。'"
⑬《尸子·卷下》:"鬼者,归也。故古者谓死人为归人。"《列子·天瑞篇》:"鬼,归也,归其真宅。"《尔雅·释训》:"鬼之为言归也。"《说文》:"人之所归为鬼。"
⑭《韩非子·十过篇》:"昔者黄帝合鬼神于西泰山上,驾象车而六蛟龙,毕方并辖,蚩尤居前,风伯进扫,雨师洒道,……大合鬼神,作为《清角》。"
⑮ 唐王瓘《轩辕本纪》:"(帝)因问天下鬼神之事,自古精气为物、游魂为变者凡万一千五百二十种,白泽言之,帝令以图写之,以示天下。"

# 蓐 收①

白虎魌魋②的丹青条纹映照广袤的西方,
稔秋的黄金已经在星辰与谷粒中沉淀。
像个百夫长,我照看落日从泑山③坠沉,
牛羊下来,鸡入于埘,野老濯于井泉。
晚霞令我怅惘,漠不关心物候的短暂,
当天际一闪,我一日的望气业已完成。

我不是司命,我不收割无辜者的死亡,
我手里拿的是钺④,而非月牙形的镰刀。
倚着若木⑤,我瞥见四处被遗弃的刍狗⑥,
而巫祝们已结束相雨⑦,回去研读月令⑧,
或为一个昏君释梦。那昏君不信天罚,
他梦见一个亡国梦,却命举国来欢庆⑨。

---

① 蓐收:五方神中西方神少昊的属神。《山海经·海外西经》:"西方蓐收,左耳有蛇,乘两龙。"
② 白虎:西方七宿之总称。《尚书·尧典》:"日短星昴,以正仲冬。"

传:"昴,白虎之中星。"《三辅黄图》卷三:"苍龙、白虎、朱雀、玄武,天之四灵,以正四方。"魆魋:白虎名。郭璞《山海经图赞·白虎》:"魆魋之虎,仁而有猛。"《山海经·西次四经》:"孟山,其兽多白狼、白虎。"郭璞注:"虎名魆魋。"

③ 《山海经·西次山经》:"泑山,神蓐收居之……是山也,西望日之所入,其气员,神红光之所司也。"郝懿行笺注:"红光,盖即蓐收也。"

④ 《国语·晋语二》:"蓐收……人面,白毛,虎爪,执钺。"

⑤ 若木:《山海经·大荒北经》:"大荒之中,有……灰野之山,上有赤树,青叶、赤华,名曰若木。"郭璞注:"生昆仑西,附西极,其华光赤下照地。"《文选·月赋》李善注引《山海经》:盖"日之所入处。"

⑥ 参见《老子·第五章》:"天地不仁,以万物为刍狗;圣人不仁,以百姓为刍狗。"

⑦ 相雨:观察雨情。

⑧ 月令:《礼记》、《吕氏春秋》和《逸周书》皆含《月令》篇。蔡邕《明堂月令论》:"《月令》篇名因天时制人事,天子发号施令,祀神受职,每月异礼,故谓之《月令》。"

⑨ 《国语·晋语二》:"虢公梦在庙,有神……立于西阿。公惧而走,神曰:'无走!帝命曰:使晋袭于尔门。'公拜稽首。觉,召太史嚚占之。对曰:'如君之言,则蓐收也。……天事官成。'公使囚之,且使国人贺梦。舟之侨告诸其族曰:'众谓虢不久,吾今知之矣。君不度而贺大国之袭,于己也何瘳(损)?……'将行,以其族适晋。六年,虢乃亡。"

# 木 魅

## 一

少女们应该结队到姑媱山①去!
那里的䔰草②是帝女的精魂变的。
把它重叠的叶子送给心爱的人佩戴,
他将坦荡如君子;
把它的籽实多多品尝,
你将妩媚如菟丝③。

## 二

谁不害怕雷神共工④的震怒?
如果你身上带着电,并把他引到半石山⑤,
摘一朵嘉荣⑥花就能制服他。
或者煎一服帝休⑦汤让他喝下,
他将乖乖回到雷泽去。

## 三

儵鱼⑧从末涂之水飞来,

鱼翼煽起的烈焰亮如流星雨,
独脚的毕方鸟⑨也不能招来那灾祸。
若非生在厌火国⑩,
只有在丹木⑪建成的屋子里,
你才能逃脱那鬼火。

## 四

在弱水中溺毙的人没吃过沙棠⑫果;
糊涂的人没吃过蒙木⑬;
愚蠢的人没吃过榠草⑭;
害怕夭折的人没吃过薲草⑮。

骑不了快马的人忘了佩戴杜衡⑯;
生不了孩子的人误食了菁容⑰;
老是挨饿的人不认识祝馀⑱;
旷日忧愁的人未遇见䔄苏⑲。

文茎木⑳使聋子恢复了听力;
黄雚草㉑让你的皮肤不长疥疮;
救命的焉酸㉒能解除血液里的蛇毒;
助力的櫰木果㉓足以帮你推倒一座山。

① 姑媱山:《山海经·中次七经》:"鼓钟之山……又东二百里,曰姑媱之山。"
② 䔄草:神草。《山海经·中次七经》:"姑媱之山,帝(炎帝)女死焉,其名曰女尸,化为䔄草,其叶胥成,其花黄,其实如兔丘,服之媚于人。"郭璞注:"为人所爱也。传曰:人媚之如是。一名荒夫草。"《文选·高唐赋》李善注引《襄阳耆旧传》:"赤(炎)帝女曰瑶姬,未行而卒。"
③ 菟丝:即兔丘。
④ 见《共工》注①。
⑤ 半石山:《水经注》:"洛水之东,合水南出半石之山……又来儒之水,出于半石之山。"
⑥ 嘉荣:《山海经·中次七经》:"半石之山,其上有草焉,生而秀,其高丈余,赤叶赤华,华而不实,其名曰嘉荣,服之者不霆。""不霆":郭璞注:"不畏雷霆霹雳也。"
⑦ 帝休:《山海经·中次七经》:"少室之山,其上有木焉,其名曰帝休,叶状如杨,其枝五衢,黄华黑实,服者不怒。"
⑧ 鯈蠵:《山海经·东山经》:"独山,末涂之水出焉,而东南流注于沔。其中多鯈蠵,其状如黄蛇,鱼翼,出入有光,见则其邑大旱。"
⑨ 见《群巫的话》注㉕。
⑩ 见《迎神曲》注㉝。
⑪ 丹木:《山海经·中次七经》:"㠱子之山,其上多丹木,其叶如榖,其实大如瓜,赤符而黑理,食之已瘅,可以御火。"《说文》:"瘅,劳病也。"
⑫ 沙棠:《山海经·西次三经》:"昆仑之丘……有木焉,其状如棠,黄华赤实,气味如李而无核,名曰沙棠,可以御水,食之使人

不溺。"

⑬ 蒙木：《山海经·中次七经》："放皋之山，明水出焉……有木焉，其叶如槐，黄华而不实，其名曰蒙木，服之不惑。"

⑭ 榾草：《山海经·中次七经》："少陉之山，有草焉，名曰榾草，叶状如葵，而赤茎白华，实如蘡薁（野葡萄），食之不愚。"

⑮ 蒗草：《山海经·中次七经》："大騩之山……有草焉，其状如蓍而毛，青华而白实，其名曰蒗，服之不夭。"

⑯ 杜衡：《山海经·西山经》："天帝之山……有草焉，其状如葵，其臭如蘪芜，名曰杜衡，可以走马。"郭璞注："带之令人便马，或曰，马得之而健走。"

⑰ 菁容：《山海经·西山经》："嶓冢之山……有草焉，其叶如蕙，其本如桔梗，黑华而不实，名曰菁容，食之使人无子。"

⑱ 祝馀：《山海经·南山经》："招摇之山……有草焉，其状如韭而青华，其名曰祝馀，食之不饥。"

⑲ 睾苏：《山海经·南山经》："仑者之山……有木焉，其状如榖而赤理，其汋（汁）如漆，气味如饴，食者不饥，可以释劳，其名曰白䓘。"郭璞注："或作睾苏。"

⑳ 文茎木：郭璞《山海经图赞·西山经》："文茎愈聋，是则嘉木。"

㉑ 黄雚草：《山海经·西山经》："竹山……有草焉，其名曰黄雚，其状如樗，其叶如麻，白华而赤实，其状如赭，浴之已疥。"

㉒ 焉酸：《山海经·中次七经》："鼓钟之山……有草焉，方茎而黄华，员叶而三成，其名曰焉酸，可以为毒。"郭璞注："为，治。"

㉓ 櫰木果：《山海经·西次四经》："中曲之山……有木焉，其状如棠，而员叶赤实，实大如木瓜，名曰櫰木，食之多力。"

# 第 三 章

## 少 昊[1]

我母亲渡过银河,受引力波吸引。
在聚讼风云的穷桑[2]发生了什么?
神幽会的地点人从未插足,
当她委身于一颗强壮、带角的星[3],
那男根喷出的强光足以将她溶解。
我是金星的儿子,但我母亲的高贵血统
却有待考证。我只知道爱情短暂如露水,
我是否稀罕如一万年结一次的桑椹[4]?
不如说我是双重性的儿子。
我身上集合着两种相反的本能:
结束或开始,如黎明与黄昏,
群星皆暗时我最亮,
我导航,调理着四季的风向。
众鸟选我为王,给我戴上凶猛的鸷[5]的面具,
但在我的王国里绝对没有战争,
且废除了专制。我精通每一种语言
正如精通每一根羽毛的色彩。
当它们为一个议题争得面红耳赤,

我便动身,前往西天诸国访问。

---

① 少昊:西方天帝。《玉函山房辑佚书》辑《春秋元命苞》:"黄帝时,大星如虹,下流华渚,女节梦接,意感而生白帝朱宣。"宋均注:"朱宣,少昊氏。"《淮南子·天文训》:"西方金也,其帝少皞(昊)。"《山海经·西次三经》:"长留之山,其神白帝少昊居之。西望日之所入。"《山海经·大荒东经》:"东海之外大壑,少昊之国。"盖少昊又为东方神。此矛盾之说,或因金星日出为启明,日入为长庚之故。

② 穷桑:《拾遗记》卷一:"少昊以金德王。母曰皇娥,处璇宫而夜织,或乘桴木而昼游,经历穷桑沧茫之蒲。……皇娥倚瑟清歌,白帝子答歌。"《太平御览》卷三引《尸子》:"少昊金天氏邑(建都)于穷桑。日五色,互照穷桑。"马骕《绎史·少皞纪》:"帝子圣母而有桑中之戏,清歌七言乃见轩皇之世乎?子年(王嘉)之妄极矣。"盖马骕未考桑社之由来。

③《拾遗记》卷一:"时有神童,容貌绝俗,称为白帝之子——即白帝之精——降乎水际,与皇娥燕戏,奏便娟之乐,游漾忘归。"

④《拾遗记》卷一:"穷桑者,西海之滨,有孤桑之树,直上千寻,叶红椹紫,万岁一实,食之后天而老。"

⑤ 鸷:少昊名挚。通鸷。《左传·昭公十七年》:"少皞(昊)挚之立也,凤鸟适至,故纪于鸟,为鸟师而鸟名。"即以鸟名命名百官。

## 瑶池之上[①]

*爰有淫水，其清洛洛。*
*——《西次山经》*

### 一、西王母[②]

永不凋落的是空中花园的花，
没有节气的轮回，接受着同一律的管束，
放眼望去，它们单调的美令人窒息。
像一只怕光的母兽，我穴处，
身上佩玉叮当，却无人与我同居，
虎牙再锋利也咬不断千年的孤独。
当我在深夜里仰天长啸，
有谁听见了我亘古不变的控诉？

缄默如刍狗的是被遗弃的万物，
他们的行踪不过是一本录鬼簿，
我搜寻过的名字都已化作云烟与尘土。
而我掌管着的天下的财富，

没有一样可以用来挥霍。

人人渴望的不死，对于我却是惩罚。

大鹭、少鹭与青鸟③，你们飞呀，

去问询不死国的人民是否幸福。

## 二、穆天子④

乘着造父⑤的高车我巡行天下，

难道我身上果真流着丹朱⑥的血？

漫游是好⑦，我曾舍弃美人与宫殿，

追随化人⑧神游于变化之极，

从此我的人生就是一次漫长的假期。

龙刍⑨养育的八龙之骏知道

我逍遥的心本不在征伐。


向西，向西，朝着落日的崦嵫，

骅骝啊盗骊⑩，大地在你们蹄下缩小。

戊寅日，在阳纡之山我参见了河伯⑪，

辛酉日，我升上昆仑，拜谒了黄帝的宫殿⑫，

甲申日，已至黑水之西那长臂人的领地⑬。

饮过帝台之浆和巨蒐国白鹄的血⑭，

於乎！西王母之邦赫然在目。

## 三、西王母：

活过了有夏和殷商的世代，
目睹过王朝的盛衰与更迭，
而我嘉命不迁，虎豹为群[15]，
长发飘起如白虹贯日。
我知道我会一直活在传说里，
帝王们羡慕我，膜拜我，
无非想像我一样与天同俦，
但他们爱杀戮，难免暴死。

穆天子，我终于等到了你！
请让我仔细端详你的尊荣。
你虽不盈于德[16]，面有愧色，
但你懂得一切权贵无非朝露，
所以得到神明格外的眷顾。
如你明白用刑之道本于宽恕，
你将活过百年，无病无虞，
将来还有与我再见的日子[17]。

## 四、穆天子：

王母，我听说绝地天通以来

再也无人像伟大的羿那样⑱,

升上瑶池,领受你的亲炙,

目睹你那使一座玉山暗淡的容颜。

那么我献上的白圭与玄璧⑲,

不是炫耀我的财富,而是为了

博得女神粲然如月的一笑。

听着钧天的音乐,品着美酒,

中心翱翔⑳,我已经登仙了吗?

请拉住我的衣袖,请用你的神力

按住我,别让我觊觎神的生活,

我该知足,该回去治理我的国度。

是的,道里悠远,山川间之㉑,

但没有什么能阻隔我对你的思慕。

---

① 《穆天子传》卷三:"乙丑,天子觞西王母于瑶池之上。"瑶池,仙池。

② 见《羿》注⑩。

③ 见《羿》注⑪。

④ 穆天子:即周穆王,周昭王子。《穆天子传》记其西游会见西王母事甚详。

⑤ 造父:周穆王御者,亦星名。《史记·赵世家》:"缪(穆)王使造

父御,西巡狩,见西王母,乐之忘归。"

⑥ 丹朱:尧子。《世本·帝系篇》:"尧取(娶)散宜氏之子,谓之女皇,女皇生丹朱。"

⑦ 语出《尚书·益稷》。

⑧ 化人:有幻术的人,又称幻人、眩人。《列子·周穆王篇》:"周穆王时,西极之国有化人来……穆王敬之若神,视之若君。"

⑨ 龙刍:草名。《述异记》卷上:"东海岛龙川,穆天子养八骏处也。岛中有草名龙刍,马食之,一日千里。"

⑩ 《穆天子传》所称八骏分别为"赤骥、盗骊、白义、逾轮、山子、渠黄、骅骝、绿耳。"与《拾遗记》所述名称不同。

⑪ 参见《穆天子传》卷三:"戊寅,天子西征,骛行于阳纡之山,河伯无夷之所都居。"

⑫ 同上:"吉日辛酉,天子升于昆仑之丘,以观黄帝之宫。"

⑬ 同上:"甲申,至于黑水,……天子乃封长肱于黑水之西河。"长肱:长臂国人。

⑭ 《列子·周穆王篇》:"(穆王)驰驱千里,至于巨蒐氏之国。巨蒐氏乃献白鹄之血以饮王。"巨蒐即"渠蒐",西戎国名。

⑮ 参见《穆天子传》卷三:"西王母又为天子吟曰:'徂彼西土,爰居其野。虎豹为群,於鹊与处。嘉命不迁,我惟帝女。'"

⑯ 参见《列子·周穆王篇》:"王乃叹曰:'於乎!予一人不盈于德而谐于乐,后世其追数(责备)吾过乎!'"

⑰ 同上:"穆王几神人哉!能穷当身之乐,犹百年乃徂(死亡)。"参见《穆天子传》卷三:"将子无死,复能再来。"

⑱ 《山海经·海内西经》:"昆仑之虚,方八百里,高万仞。……非仁羿莫能上冈之岩。"《大荒西经》:"有大山,名曰昆仑之丘,其下有弱水之渊环之;其外有炎火之山,掷物辄然(燃)。"

⑲ 参见《穆天子传》卷三:"天子宾(作客)于西王母,乃执白圭、玄璧以见西王母。"
⑳ 语出同上书卷三。
㉑ 同上。

# 泰　逢①

苋山之南是我冶游、栖息之地。
敖岸山与和山之间的四百四十里
有我的神祠，人民用羊骨向我献祭②。
九州到处有我濯足的清流。
我身上放出的光将赐福梦见我的吉人，
如有疑窦，不妨去请教博学的师旷③。
对于那些昏聩的暴君，
他作恶一回我就教训他一回。

傲慢的孔甲④，因上帝所赐而娇宠，
他追逐猎物，闯入神的禁区。
于是我兴起大风雨，使他迷路⑤。
他想支配别人的命运，一把破斧
就逼他哀号："呜呼有疾，命矣乎！"⑥
畜龙，吃龙肉，终不能使他觉悟，
他杀了师门⑦，师门却使火升仙，
祈祷也不能挽救他崩于道途⑧。

① 泰逢：《山海经·中次三经》："和山……吉神泰逢司之。其状如人而虎尾，是好居于萯山之阳，出入有光。泰逢神动天地气也。"
② 《山海经·中次三经》："自敖岸之山至于和山，凡五山，四百四十里。其祠……皆一牡羊副。"《周礼·春官·大宗伯》："以疈（副）辜祭四方百物。"郑玄注："疈辜，披磔牲以祭也。"
③ 师旷：晋平公乐师。《淮南子·原道训》："师旷之聪，合八风之调。"
④ 孔甲：夏帝。《史记·夏本纪》："帝孔甲立，好方（仿）鬼神事，淫乱。"
⑤ 《吕氏春秋·音初》："夏后氏孔甲，田（猎）于东阳萯山，天大风晦盲，孔甲迷惑，入于民室。"
⑥ 同上："主人方乳（产子）。或曰：'后（国君）来，是良日也，之（此）子是必大吉。'或曰：'不胜（命不胜福）也，之子是必有殃。'后乃取其子以归，曰：'以为余子，谁敢殃之？'子长成人，……斧斫斩其足，遂为守门者。孔甲曰：'呜呼有疾，命矣乎！'乃作为《破斧之歌》，实始为东音。"
⑦ 师门：《列仙传》卷上："师门者，啸父弟子也。亦能使火，食桃李葩。为夏孔甲（畜）龙师，孔甲不能顺其意，杀而埋之外野。"
⑧ 同上："一旦，风雨迎之，讫，则草木皆焚。孔甲祠而祷之，还而道死。"

# 蚕　神[①]


我已经很疲倦。跂踵人[②]雀跃着,
用巨大的脚踵敲打地面,仿佛倒着行走,
他们动静越大我就越无声。
半跪在一棵大树前,像一个女奴,
被爱上我的一张马皮紧裹着。
我吐丝,昼夜不舍,绵绵不绝,
从一棵树到另一棵,我的头颅
左右摆动,我累累的丝线
欲将整个欧丝之野[③]变成一只茧。
骏马,我不怪你,我以身相许的戏言
乃出于对远征父亲的思念,
而你知道我的心思并绝尘而去。
如今你成了我,我成了你,
我心跳的马蹄就奔驰在你的里面[④]。


我不理解轩辕氏与神农氏之间的战争[⑤],
圣人应该垂衣裳而治[⑥],
可他们穿着雒棠的皮[⑦],兄弟如寇仇。

黄帝擒杀了蚩尤,凯旋的枹鼓曲⑧
从青邱传来,我不知是喜是忧。
啊,我要卷着马皮飞行,
去给庆功者献上呕心沥血的丝线⑨,
让伯余⑩制成冕服,再教给元妃⑪蚕技。
沧潭之滨那参天的帝女桑⑫召唤我,
我将吃更多的叶子,在上面耗尽自己,
直到勤勉的园客⑬和天下寒士
都正其衣冠,举止如在君子国⑭,
那时我愿意化蝶。

---

① 蚕神:或为蚕马,俗称"马头娘"。《太平御览》卷八二五引《齐谐记》:"正月半,有神降陈氏之宅,云:'我是蚕神,能见祭,当令蚕百倍。'"《荀子·赋篇》:"此夫身女好而头马首。"女好,柔婉。《周礼·夏官·司马·马质》"禁原蚕者"郑玄注:"是蚕与马同气。"
② 跂踵人:《山海经·海外北经》:"跂踵国在拘瘿东,其为人两足皆支。一曰反踵。"
③ 欧丝之野:《山海经·海外北经》:"欧丝之野在反踵东,一女子跪据树欧丝。"
④《搜神记》卷十四:"旧说太古之时,有大人远征,家无余人,唯有一女,牡马一匹,女亲养之。穷居幽处,思念其父,乃戏马曰:'尔能为我迎得父还,吾将嫁汝。'马既承此言,乃绝缰而去,径至

父所。父见马惊喜,……亟乘以归。……马不肯食,……父怪之,……女具以告父,……父……于是伏弩射杀之,暴皮于庭。父行,女与邻女于皮所戏,……马皮蹶然而起,卷女以行。……女与马皮尽化为蚕,而绩于树上。"

⑤《列子·黄帝篇》:"黄帝与炎帝战于阪泉之野。"

⑥ 参见《周易·系辞下》:"黄帝、尧、舜垂衣裳而天下治。"

⑦ 雒棠:《山海经·海外西经》:"肃慎之国在白民北,有树名曰雄常,圣人代立,于此取衣。"郭璞注:雄,"或作雒。"又:"其俗无衣服,中国有圣帝代立者,则此木生皮可衣也。"

⑧ 枫鼓曲:《玉函山房辑佚书》辑《归藏·启筮》:"蚩尤出自羊水,……黄帝杀之于青邱,作《枫鼓之曲》十章。"

⑨《绎史》卷五引《黄帝内传》:"黄帝斩蚩尤,蚕神献丝,乃称织维之功。"

⑩ 伯余:《世本·作篇》:"伯余制衣裳。"

⑪ 元妃:嫘祖。《路史·后纪五》:"黄帝元妃西陵氏曰傫(嫘)祖,以其始蚕,故又祀先蚕。"

⑫ 帝女桑:《山海经·中次十一经》:"宣山,沦水出焉……其上有桑焉,大五十尺,其枝四衢,其叶大尺余,赤理黄华青柎,名曰帝女之桑。"帝女,炎帝女。

⑬ 园客:仙人。《列仙传》卷下:"园客者,济阴人也。……常种五色香草,……一旦,有五色蛾止其香树末,客收而荐之以布,生桑蚕焉。……茧皆如瓮大,缫一茧,六十日始尽。"

⑭ 君子国:《山海经·大荒东经》:"有东口之山,有君子之国。其人衣冠带剑。"《博物志·外国》:"君子国人,衣冠带剑,使两虎,民衣野丝,好礼让不争。"

# 丹 朱[①]

父皇发明了围棋,为了让我移情,
而我发明了更有趣的游戏。
伙伴们扛着舟船,我坐在船舱里[②],
骑马怎比得上如此的快意。
他们指控我骜佷媢克[③],又如何?
我只顾快活我自己,做一个风景皇帝。
难道我该像舜那样谨小慎微,
去历山务农,在大麓之野驯服野象[④]?
他大张着一对无邪的重瞳[⑤],
不过是为了取代我登上皇位。
糊涂呀,娥皇、女英[⑥],
你们以巧计救他逃脱杀害,
却不认我这个同胞兄弟;
糊涂呀,父皇,竟将我流放!
可野蛮之邦,三苗之地的人民
拥戴我,发誓为我讨回公道[⑦]。
父子对阵乃是不得已,
倘若天助我,我就担得起弑的罪名。

呜呼！奈若何！顉顉⑧杀了我，

我只有沉南海而自绝⑨。

我将投胎于鹈鸟⑩，永世守在南方，

为代代流放者指引不归路。

---

① 丹朱：尧子。《世本·帝系篇》："尧取散宜氏之子，谓之女皇，女皇生丹朱。"
② 《世本·作篇》："尧造围棋，丹朱善之。"《尚书·益稷》："丹朱傲，惟慢游是好，……罔（无）水行舟，朋淫于家。"
③ 语出《路史·后纪十》。
④ 汉袁康《越绝书·吴内传》："舜去耕历山。"《尚书·舜典》："（舜）纳（入）于大麓，烈风雷雨弗迷。"《吕氏春秋·古乐篇》："商人服（训）象，为虐于东夷，周公乃以师逐之，至于江南。"舜乃殷商始祖神，盖《史记·五帝本纪》"舜父瞽叟盲，而舜母死，更娶妻而生象"之象乃大象。
⑤ 《帝王世纪集校》第二："舜，……目重瞳。"
⑥ 娥皇、女英：汉刘向《烈女传·有虞二妃》："有虞二妃者，帝尧之二女也，长娥皇，次女英。"《山海经·中次十二经》："洞庭之山，帝之二女居之。"《博物志·史补》："尧之二女，舜之二妃，曰湘夫人。"
⑦ 《山海经·海外南经》注引《竹书纪年》："后稷放帝朱于丹水。"《海外南经》郭璞注："昔尧以天下让舜，三苗之君非之，帝杀之，有苗之民叛入南海，为三苗国。"
⑧ 参见《尚书·益稷》："罔昼夜顉顉。"顉顉，不休息貌。

⑨ 参见《山海经·海外南经》:"讙头国在其南,其为人,人面有翼,鸟喙,方捕鱼。……或曰讙朱国。"周汉勋《读书偶记》二:"讙兜、讙头、讙朱、……丹朱;……一也,古字通用。"郭璞注:"讙兜尧臣,有罪,自投南海而死。"
⑩《山海经·南次二经》:"柜山,有鸟焉,其状如鸱而人手,其音如痺,其名曰鴸,其名自号也,见则其县多放士。"

# 蚩 尤

我吃铁,我是铁人。
我分叉的额头上写着忧郁,
我的胃消化掉的铁砂
足以铸造一百部战车①。
是的,我曾为黄帝开道,
但我的旗帜上绣着的是牛头
而不是呆头呆脑的熊②。
我,神农氏的后裔,
四目六臂,头上长角。
来呀,指南车,
来呀,熊罴貙虎,
来尝尝我飞空走险的铁蹄。

应龙③的长吟令我厌恶,
神魍④的一个哈欠
准叫它邋遢的肉翅骨折。
风伯和雨师站在我肩上⑤,
它又如何煽动起腥风血雨?

魍魎⑥,我的童子军,

爬到它的鼻孔里去,

用催眠之气搅乱它的呼吸。

九次,我打败黄帝,

九次,他的雷声喑哑⑦。

如果他还不罢休,

夸父族巨人会让他服气。

---

① 《初学记》卷九引《归藏》:"蚩尤出自羊水,八肱、八趾、疏首。"疏首,头颅分叉。《太平御览》卷七九引《龙鱼河图》:"有蚩尤兄弟八十一人,并兽身人语,铜头铁额,食沙石子。"《述异记》卷上:蚩尤"食铁石。""俗云,(蚩尤)人身牛蹄,四目六手。……头有角,与轩辕斗,以角抵人,人不能向。"

② 《韩非子·十过篇》:"昔者黄帝合鬼神于西泰山上,……蚩尤居前。"《述异记》卷上:"太原村落间祭蚩尤神不用牛头。"盖蚩尤部落以牛为图腾;《白虎通·号》称黄帝为"有熊氏",故黄帝部落可能以熊为图腾。《括地志》:"郑州新郑县,本有熊氏之墟也。"《列子·黄帝篇》:"黄帝与炎帝战于阪泉之野,帅熊、罴、狼、豹、䝙、虎为前驱,雕、鹖、鹰、鸢为旗帜。"清孙冯翼辑《皇览·冢墓记》:"蚩尤冢,……有气出亘天,如匹绛帛,民名为《蚩尤旗》。"

③ 应龙:《山海经·大荒东经》:"大荒东北隅有山,名曰凶犁土丘。应龙处南极,杀蚩尤与夸父。"郭璞注:"应龙,龙有翼者也。"

④ 神𩳁：《山海经·西次四经》："刚山……是多神𩳁，其状人面兽身，一足一手，其音如钦（吟）。"郭璞注："𩳁亦魑魅之类也。"唐杜佑《通典·乐典》："蚩尤氏帅魑魅，以与黄帝战于涿鹿。"
⑤《山海经·大荒北经》："蚩尤请风伯、雨师，纵大风雨。"
⑥ 魍魉：《说文》十三："魍魉，山川之精物也。淮南王说，魍魉状如三岁小儿，赤黑色，赤目长耳美发。"《国语·鲁语》韦昭注："魍魉，山精，好学人声而迷惑人也。"
⑦ 参见《太平御览》卷一五引《黄帝玄女战法》："黄帝与蚩尤九战九不胜。"《山海经·大荒北经》吴任臣《广注》引《广成子传》："（黄帝）以夔牛皮为鼓，九击而止之。"

## 旱 魃<sup>①</sup>

吹烟喷雾的小伎俩,
半人半兽的小怪物,
头戴弓,手持戈与剑,
登弩又蹑矛,其势汹汹②。
涂黑的獠牙
拱出幽都③。

瘴气使一支军队迷失④,
却遮不住我的秃头。
我现身哪里,
哪里就风停,雨止⑤。
天穹瞧见神奇的一幕:
水退去,露出山丘
与裂谷。

信的巨婴们⑥
嗷嗷叫,
力拔山兮珥黄蛇。

他们不会回到北方,

也喝不到盐泽里的蚩尤血⑦。

他们的尸体将被烘成木乃伊,

堆放在冒烟的陆地

边缘。

我也将回不到天上⑧,

赤水以北是我的领地。

我的秃头如恹如焚⑨,

像第十一枚

阴性的

毒太阳。

---

① 旱魃:即女魃。魃,旱神。
② 参见刘铭恕《武梁祠后石室所见黄帝蚩尤战图考》:"半人半兽之怪物。虽作人立,而豹首虎爪,计头戴以弓,左右手一持戈,一持剑;左右足一登弩,一蹑矛,睹其形状,至为狞猛。"
③ 幽都:见《迎神曲》注㊱。
④《太平御览》卷一五引晋虞喜《志林》:"蚩尤作大雾弥三日,军人皆惑。"明董斯张《广博物志》卷九引《玄女法》:"蚩尤幻变多方,征风召雨,吹烟喷雾,黄帝师众大迷。"
⑤《山海经·大荒北经》:"黄帝乃下天女曰魃,雨止。"

⑥《山海经·大荒北经》:"后土生信,信生夸父。"
⑦ 蚩尤血:《路史·后纪四·蚩尤传》:"(黄帝)传(转)战执尤于中冀而殊之,爰谓之'解'。"《梦溪笔谈》卷三:"解州盐泽,滷色正赤,俚俗谓之'蚩尤血'。"
⑧《山海经·大荒北经》:"魃不得复上(天),所居不雨。……后置之赤水之北。"
⑨ 如惔如焚:语出《诗经·大雅·云汉》。

## 贰负之臣①

石室,沉入地下,
哑默的光抽出其上,
疏属山②树木朽腐。
胚胎期的星辰
汩向西面
独眼人的鬼国③。

跌踝被发,
右脚拖不动如磐的刑枷④,
我绕着自己兜圈。
"危",我一遍遍呼唤自己:
神界的奴隶,
名与命的傀儡。

贰负神丢下我。
群巫被派遣去救活窫窳⑤,
并为他整容。
我知道那假的龙首⑥

喜欢吃人。

噎鸣⑦,请快一点!
我听见磐石裂开⑧,
光,陌生的故人
指认了我。
我听见我——
被解放的
昆仑奴⑨的远祖。

---

① 贰负之臣:《山海经·大荒北经》:"贰负之尸在大行伯东。……一曰贰负神在其(鬼国)东,为物人面蛇身。"《海内西经》:"贰负之臣曰危。"
② 疏属山:《山海经·海内西经》:"危与贰负杀窫窳,帝乃梏之疏属之山。"
③ 鬼国:《山海经·海内北经》:"鬼国在贰负之尸北,为物人面而一目。"
④《山海经·海内西经》郭璞注:"汉宣帝使人上郡发盘石,石室中得一人,跣踝被发,反缚,械一足。"
⑤ 窫窳:又作猰貐、猰㺄。《山海经·海内西经》:"(昆仑)开明东有巫彭、巫抵……夹窫窳之尸,皆操不死之药以距之。窫窳者,蛇身人面,贰负臣所杀也。"郭璞注:"为距却死气,求更生。"
⑥ 关于窫窳之容貌,《山海经·海内北经》又云:"如牛而赤身,人面

马足";《海内经》、《海内南经》则曰"龙首。"
⑦ 嘻鸣:见《烛龙》注③。
⑧ 汉刘秀(歆)《上山海经表》:"孝宣帝时,击磻石于上郡,陷得石室,中有反缚盗械人。时臣秀父向为谏议大夫,言此贰负之臣也。"
⑨ 昆仑奴:唐人对黑皮肤蕃奴的统称。《旧唐书·南蛮传》:"在林邑以南,皆卷发黑身,通号'昆仑'。"

## 魃武罗①

鸼鸟嘤嘤,
飞过畛水②来报喜。
我洁白的牙齿帮助你
咬下脐带。
婴儿,接受了我的祝福。

荀草青青③,
是我亲手种植。
遍地的蜗牛④在上面打滚,
触角多柔软,
将另一个来试探。

你若是渴望子嗣,
我就赐给你鸼鸟的翠羽;
你若是艳羡夏姬⑤的美,
就请多把荀草采撷,
她定会为你三次回头。

我的耳环鸣响

青要之山,

我不朽的容颜

照亮天帝的密都⑥。

我的细腰如女萝,

只接受风的拥抱。

---

① 魃武罗:《说文》九:"魃,神也。"《玉篇》:"魃,山神也。"《山海经·中次山经》:"魃武罗……其状人面而豹纹,小要(腰)而白齿,而穿耳以鐻(环),其鸣如鸣玉。"
② 《山海经·中次山经》:"青要之山……是山也,宜女子。畛水出焉,而北流注于河。有鸟焉,名曰鴢,……食之宜子。"
③ 同上:"有草焉,名曰荀草,……服之美人色。"
④ 同上:"……是多仆累(蜗牛)、蒲庐(蜃蛤)。魃武罗司之。"
⑤ 夏姬:春秋时陈国美人,郑穆公之女。参见郭璞《山海经图赞·荀草》:"妇人服之,练(美)色易颜;夏姬是艳,厥媚三还。"
⑥ 《山海经·东山经》:"……青要之山,实惟帝之密都。"

# 河伯①

与女游兮九河,冲风起兮横波;
乘水车兮荷盖,驾两龙兮骖螭。
——屈原《九歌·河伯》


祭祀开始了。那处女万里挑一,被扔进河里,
水打开新娘柔软如深渊的婚床,
正当他的使者率领十二童子飞驰于西海,
所之之国,雨水滂沱,去把异域的新人物色②。

啊!巨灵赑屃,高掌远跖③,开拓之迹
如烙铁,锁住了分开两半的华山。
他既是巨灵,他也是河伯,
如果他发作,河水就泛滥直至瀛洲④。
乖戾的秉性不可驯化,
他喜欢直立在河面上,垂云般白胖,
将责于河,祊于河⑤的人群来瞻望。

绝世而闷瞀的雒嫔⑥已陈旧,
钟情于浪人,为了一个淫奔之梦。
难道她想第二次溺毙于无情的洛水?
今天又有什么新的刺激?
慵懒的朴父⑦和他的妻子光着身子,
遭天谴,在东南的天穹下暴晒。
如果扯下一朵云能做他们的遮羞布,
河伯将顺从天意,叫浑浊的河水变清。

猪婆龙、文鱼和乌贼⑧,战战兢兢的侍从,
尾随其后,唯恐他又掉落那一只假眼⑨。
如果他高兴,在一夜的逸乐之后,
王亥与王恒⑩的牛羊就能平静地过河,
到有易国⑪去吃丰美的水草。
又一个女人在兄弟之间燃烧,
又一个特洛伊成了废墟⑫。
恻隐的河伯目睹了身首异处的屠戮⑬
和加倍的报复。怪鸟哀鸣不已⑭,
请来那大能的神收拾残局。
难民们西去,于是鸟足上立起一个新王国⑮。

于是我们听说,殷王和秦王的子嗣

都记得他，祭礼中用牛肉和美酒取悦他⑯。

但河伯只爱美人，瞧不起相貌丑陋的家伙，

他若想作弄谁，谁就得自认倒霉。

君不见澹台子羽三次投下玉璧，三次被退了回来⑰。

当隆重的祭祀进行到高潮，群巫乱舞，长老麇集，

岸上走来了移风易俗的西门豹⑱。

看啊，巫妪被扔了下去，接着是她的女弟子。

而河伯化身白龙⑲，在分泌出的雾气中

甩动陵鱼般的尾鳍，将水面拍打，

将祝颂与轻蔑带入更深的渊洄。

——————

① 河伯：黄河水神。亦称"冯夷"、"冰夷"、"无夷"。明董斯张《广博物志》卷十四引《尸子》："禹理洪水，观于河，见白面长人鱼身，出曰：'吾河精也。'授禹《河图》，而还于渊中。"

②《神异经·西荒经》："西海之上，有神乘白马朱鬣，白衣玄冠，从十二童子，弛马西海水上，如飞如风，名曰河伯使者。……所之之国，雨水滂沱。暮则还河。"

③ 语出《文选·张衡〈西京赋〉》。李善注引《遁甲开山图》："有巨灵胡者，偏得坤元之道，能造山川，出江河。"《搜神记》卷十三："二华之山，本一山也。当河，河水过之而曲行，河神巨灵，以手擘开其上，以足蹈离其下，中分为两，以利河流。"巨灵，河神名。

④ 瀛洲：神山。《史记·封禅书》："蓬莱、方丈、瀛洲，此三神山者，其传在渤海中，去人不远。"

⑤ 语出《殷墟书契前编》、清刘鹗《铁云藏龟》。

⑥ 雒嫔：即"宓妃"、"洛神"。《楚辞·天问》："胡射乎河伯而妻彼雒嫔？"王逸注："雒嫔，水神，为宓妃也。"《文选·曹植〈洛神赋〉》注引《汉书音义》："宓妃，伏羲氏之女，溺死洛水，为神。"

⑦ 朴父：《神异经·东南荒经》："东南隅大荒之中，有朴父焉。夫妇并高千里，腹围自辅。天初立时，使其夫妻开导百川，懒不用意。谪之并立东南，男露其势，女露其牝。不饮不食，不畏寒暑，唯饮天露。"

⑧ 参见唐苏鹗《苏氏演义》："江东谓鼍为河伯使者；……鳖，一名河伯从事；乌贼，一名河伯度事小吏。"另见《古今注》卷中。鼍，俗称猪婆龙，扬子鳄的一种。

⑨ 参见《楚辞·天问》："胡射乎河伯而妻彼雒嫔？"王逸注："传曰，河伯化为白龙，游于水旁，羿见，射之，眇（瞎）其左目。"

⑩ 王亥与王恒：皆殷王。《山海经·大荒东经》："有人曰王亥，两手操鸟，方食其头。王亥托于有易、河伯仆牛。"仆牛，服牛。《世本·作篇》："胲（亥）作服牛。"

⑪ 有易国：有易，古氏族名，在今河北易县一带。《今本竹书纪年》："殷侯子亥宾于有易，有易杀而放之。"

⑫《山海经·大荒东经》郭璞注引《古本竹书纪年》："殷王子亥宾于有易而淫焉，有易之君緜臣杀而放之。是故殷上甲微假师于河伯以伐有易，灭之。遂杀其君緜臣也。"上甲微；《史记·殷本纪》："振（亥）卒，子微立。"王亥、王恒兄弟"宾于有易而淫焉"之事，详见《楚辞·天问》。

⑬《山海经·海内北经》："王子夜（亥）之尸，两手、两股、胸、首

皆断异处。"
⑭ 参见《楚辞·天问》："何繁鸟萃棘，负（妇）子肆情？"
⑮ 参见《山海经·海内经》："有嬴民，鸟足。有封豕（王亥）。"嬴，秦之姓。
⑯《殷墟书契后编》卷上："贞之于王亥，……三百牛。"
⑰《史记·仲尼弟子列传》："澹台灭明，字子羽，状貌甚恶，欲事孔子，孔子以为材薄。"《博物志·异闻》："澹台子羽渡河，赍（送）千金之璧于河。河伯欲之，至阳侯波起，两蛟夹船。子羽左掺璧，又操剑，击蛟皆死。既渡，三投璧于河，河伯跃而归之，子羽毁而去。"
⑱《史记·滑稽列传》："魏文侯时，西门豹为邺令。豹往到邺，会长老，问之民所疾苦。长老曰：'苦为河伯娶妇，以故贫。'豹问其故，对曰：'……巫行视小家女好者，云是当为河伯妇，即娉取。'……西门豹曰：'至为河伯娶妇时，愿三老、巫祝、父老送女河上。'至其时，西门豹往会之河上。……即使吏卒共抱大巫妪投之河中。……凡投三弟子。……复投三老河中。"
⑲《楚辞·天问》"射夫河伯"王逸注："传曰，河伯化为白龙。"

# 第 四 章

# 驺虞①

**于嗟乎驺虞!**
**——《诗经·驺虞》**


既是义兽,又怎么会是猎人呢?
容忍你骑行,一日千里,
可它连一只蚂蚁都不会踩踏②。

西伯被囚在羑里,从土牢的高窗接过瓦盆,
那些饭菜比鸩毒更难以下咽③。
不可思议,就在这昏暗的圆形坎窞中,
他望羊的近视眼竟推演出了《周易》④。
三年过去了,徽纆⑤长到了骨头里,
越来越茂盛的丛棘早已断送
任何想逃逸的念头。

现在离牧誓⑥的日子还很远,
仁慈的驺虞仍深养在林氏国⑦的园宥。
酒池肉林中的纣王⑧怎会知道,

有朝一日他将穿上心爱的玉衣跳入火中。

"不有天命乎?是何能为!"

元龟与蓍草再灵验

终比不上他对妲己⑨的爱。

下一卦是《离》。西伯长叹:

"日昃之离,不鼓缶而歌,则大耋之嗟。"⑩

着急的散宜生、闳夭之徒找来吕尚⑪,

暗中把纣王的心思刺探。

当用千金换来的驺虞⑫

站在那荒淫无度的人面前,

五彩云般的毛色,如虎的雄姿

却不能取悦他的欢心。

他收起怵然的脾气,

指着一旁的莘国美女⑬大笑:

"你们错了!驺虞又有什么稀奇?

只这一件东西

就比西伯的头颅贵重⑭。"

---

① 驺虞,亦作"驺吾",瑞兽。《山海经·海内北经》:"林氏国有珍兽,大若虎,五采毕具,尾参(长)于身,名曰驺吾(虞),乘之

日行千里。"
② 《毛诗诂训传》："驺虞，义兽也。白虎，黑文，不食生物，有至信之德而应之。"
③ 西伯：周文王。《诗经·国风·召南》孔颖达正义："纣之州长曰伯，文王为雍州之伯，……在西，故曰西伯。"《广雅》："夏曰夏台，殷曰羑里，周曰囹圄，皆圜土。"闻一多《周易义证类纂》："古狱凿地为窨，故牖在室上，如今之天窗然，书传称殷狱曰羑里，或以此欤？"《帝王世纪集校》第五："纣既囚文王，文王长子曰伯邑考，质于殷，为纣御。纣烹以为羹，赐文王，曰：'圣人当不食其子羹。'文王得而食之。纣曰：'谁谓西伯圣者，食其子羹，尚不知也。'"
④ 《史记·孔子世家》："（文王）黭然而黑，几然而长，眼如望羊。"《释名》："望，茫也，远视茫茫也。"《史记·太史公自序》："昔西伯拘羑里，演《周易》。"《史记·周本纪》："（文王）囚羑里，盖益《易》之八卦为六十四卦。"
⑤ 徽纆：绳索。唐李鼎祚《周易集解》引虞翻："徽纆，黑索也。"参见《周易·坎》："系用徽纆，置于丛棘，三岁不得。"
⑥ 牧誓：周武王与商纣战于牧野时的誓师之辞。《尚书·周书》有"牧誓"篇。
⑦ 郝懿行《山海经笺疏》引《周书·史记篇》："昔有林氏召离戎之君而朝之。"又"林氏与上衡氏争权，俱身死国亡。"
⑧ 纣王：商纣王，名受。《史记·殷本纪》："（纣）以酒为池，悬肉为林，使男女倮（裸）相逐其间。"
⑨ 《史记·殷本纪》："（纣）衣其宝玉衣，赴火而死。"妲己：纣宠妃。《国语·晋语》一："殷辛（纣）伐有苏，有苏氏以妲己女焉。"《世本·帝王》："纣爱妲己，妲己之言是从。""不有天命乎？是何能

为!":纣王语,参见《史记·周本纪》。
⑩ 语出《周易·离》。
⑪《史记·齐太公世家》:"周西伯拘羑里,散宜生、闳夭素知而招吕尚(姜子牙),三人者为西伯求美女奇物,献之于纣以赎西伯,西伯得以出,反(返)国。"
⑫《淮南子·道应篇》:"散宜生乃以千金求天下之珍怪,得骉虞……以献于纣。"
⑬ 莘国:《世本·氏姓篇》:"莘国,姒姓,夏禹之后。"《史记·周本纪》:"闳夭之徒患之,乃求有莘氏美女……而献之纣。"
⑭ 参见《史记·周本纪》:"纣大悦,曰:'此一物足以释西伯,况其多乎。'"

# 鲧[①]

我不愿重复父亲的命运,
为了王座不惜制造一场给人类带来
灭顶之灾的洪水。
就算颛顼将日月星辰都囚禁在北方[②],
我也要像夜游神[③]那样走遍大地。

我无以解除禁止女子出行的法令[④],
如果一个巫师想羞辱碰见我的妇人,
我就解除他的妖术,
将他扔给长着猪嘴的梼杌[⑤]。

崆峒山那一对相爱而遭流放的兄妹,
抱在一起死去,七年后禹强使他们复活,
而宁愿成为两个头的怪物[⑥]。
难道不值得将这爱与死的范例,
传扬给谨小慎微、不敢去爱的人吗?

对于裹足不前的人,

我只想奉劝他们一句:
用车子碾压动物来祭祀⑦
并不能取悦于我。
軷坛⑧设在路旁,只需
在上面放一枚石子,
就能保佑你一路平安。
我是道路,我是修远,我是辟邪咒。
走吧,又有什么能伤害你呢?

---

① 脩:共工子。即祖神(路神)。《风俗通》卷八:"共工之子曰脩,好远游,舟车所至,足迹所达,靡不穷览,故祀之以为祖神。"
②《国语·周语》下:"星与日辰之位皆在北维,颛顼之所建也。"
③ 夜游神:《山海经·海外南经》:"有神人二八,连臂,为帝司夜于此野。"《淮南子·地形训》:"有神人二八,连臂,为帝候夜。"高诱注:"连臂大呼夜行。"
④ 参见《礼记·内则》:"女子十年(岁)不出。"
⑤《神异经·西荒经》:"西方荒中有兽焉,其状如虎而大,毛长二寸,人面虎足,猪口牙,尾长丈八尺,搅乱荒中,名梼杌,一名傲狠,一名难训。《春秋》云,颛顼氏有不才子名梼杌。"
⑥《搜神记》卷十四:"昔高阳氏有同产(同母所生)而为夫妇,帝放之于崆峒之野,相抱而死。神鸟以不死草覆之,七年男女同体而生,二头、四手足,是为蒙双氏。"禺强,即玄冥,亦作禺彊、禺京。海神兼风神。《山海经·大荒东经》:"禺京处北海,……是为

海神。"《海外北经》:"北方禺强,人面鸟身。"疑使蒙双氏复活者即禺强。

⑦ 古代祭路神称"軷"。《周礼·大驭》:"大驭掌驭玉路以祀,及祀軷……"注云:"祀軷者,封土象山于路侧,以菩刍棘柏为神主,祭之,以车轹軷而去,喻无险难。"即祭后以车碾过祭牲,以求行路无艰险。《诗经·大雅·生民》:"取萧祭脂,取羝以軷。"

⑧ 軷坛:《后汉书·吴祐传》注:"祖道之礼,封土为軷坛。"

## 壤 父①

我生活的时代据称是太平盛世,
连冥荚的生长都与每月的天数契合。

未来将有一个叫田俅子②的人
写下这奇事,而它正是历法的起源。

一天之中有十种奇幻的瑞象
出现在帝尧的宫中③,也许还更多。

但凤凰与神龙凡夫又怎能看见?
景星④升起时我早已进入睡眠。

听说瞎眼的瞽叟⑤在忍受长久的黑暗之后
梦见了秖支国的重明鸟⑥。

(奇怪的是他儿子舜也长着重瞳⑦,
却受到他的虐待,活下来真是奇迹。)

它每年都飞来几次,衔着美玉,
有时一次也不来,引起人们翘首以盼,

洒扫门户,用木鸡来吸引⑧。
我喜欢这旧俗之美,也理解那普通人

无助而单纯的欲望。我更信赖自己的臂力,
像一个田野里的怀疑主义者。

哈!日出而作,日入而息是我生活的信条,
也是我长寿的秘诀。如今耄耋的我

终于歇下来,在路中央击壤,
退后三十步开外,我扔出木板。

瞧,击中了!当观看的人齐声喝彩
并赞美着上帝的德泽。我呢,

不想加入那合唱。捡起自制的玩具端详:
它一尺四长,三寸宽,一头是尖的⑨——

跟我使用过的农具一样地锐利,

已被我粗糙的手掌磨得锃亮。

---

① 晋皇甫谧《高士传》:"壤父者,尧时人也。帝尧之世,天下大和,百姓无事,壤父年八十余而击壤于道中。观者曰:'大哉,帝之德也!'壤父曰:'吾日出而作,日入而息,凿井而饮,耕田而食,帝德何有于我哉?'"
② 《绎史》卷九引《田俅子》:"尧为天子,蓂生于庭,为帝成历。"
③ 《述异记》卷上:"尧为仁君,一日十瑞:宫中刍(草)化为禾;凤凰止于庭;历草生阶宫……"
④ 《史记·天官书》:"景星,德星也,其状无常,常出有道之国。"
⑤ 瞽叟:舜父。《史记·五帝本纪》:"虞舜者,名曰重华。重华父曰瞽叟。"
⑥ 《法苑珠林》卷四九引刘向《孝子传》:"舜父夜卧,梦见一凤凰,自名为鸡,口衔米以哺己,言鸡为子孙。视之,如凤凰。"《拾遗记》卷一:"尧在位七十年,……有祇支之国,献重明之鸟,一名双睛,言双睛在目。"
⑦ 《史记·五帝本纪》张守节《正义》:"(舜)目重瞳子,故曰重华。"
⑧ 《拾遗记》卷一:"(重明鸟)或一岁数来,或数岁不至。国人莫不扫洒门户,以望重明之集。……今人每岁元日,或刻木铸金,或图画为鸡于牖上,此其遗像也。"
⑨ 《太平御览》卷七五五引《艺经》:"壤以木为之,前广后锐,长尺四,阔三寸。"

# 貘①

莫非是爱吃人脑的獏獢②的脱胎?
长舌头直拖到地上,连早晨生下孩子
夜里又都吃掉的鬼姑③也自叹不如。

西荒之中的貘人④,西王母的部族,
一个以讹传讹的音节,恰如玃䲹变成玃猈⑤,
远嫁而来的女嬻变成女鬼⑥。

昭王被淫欲所交缠,白昼梦见羽人时
心脏迸裂,羽人治好了他的淫欲,
却不能阻止他铁锚般的心沉入汉江⑦。

貘不吃人脑。当噩梦像影子跟随你,
长得像狐狸的朏朏⑧也让你快乐不起来,
而三头六尾、爱笑的鵸䳜鸟⑨

它神奇的肉能让你一夜无梦,
却远在西水百里之外的翼望山。

那时你要祈求万能的西王母,

派欻忽的貘进入你的脑中,
吃掉你的梦魇⑩,却不打扰你的睡眠。
如果你作恶,它的虎爪就会伸出来。

---

① 《尸子》:"程,中国谓之豹,越人谓之貘。"《山海经·西山经》:"兽多猛豹。"郝懿行笺疏:"猛豹即貘豹也,猛豹、貘豹声近而转。"《说文·豸部》:"貘,似熊而黄黑色,出蜀中。"清段玉裁注:"即诸书所谓食铁之兽也。……《尔雅》谓之'白豹';《山海经》谓之'猛豹'。"

② 《神异经·西荒经》:"西荒之中有人焉,长短如人,著百结败衣,手虎爪,名曰獏䶂。伺人独行,辄食人脑。或舌出盘地丈余。"

③ 鬼姑:即鬼母。《述异记》卷上:"南海小虞山有鬼母,能产天、地、鬼,一产十鬼。朝产之,暮食之。今苍梧有鬼姑神是也:虎头龙足,蟒目蛟眉。"

④ 貘人:西域民族之一,古时统称"鬼方"。今人朱芳圃《中国古代神话与史实》考西王母为"西方神貘",盖"西王母"为"西王貘"之音转。《穆天子传》所谓"西膜"亦即"西貘"。

⑤ 王国维《鬼方昆夷玁狁考》:"其见于商、周间者,曰鬼方、曰混夷、曰獯鬻。其在宗周之季,则曰玁狁。"

⑥ 同上:"鬼方……与诸夏通婚媾,因以国名为姓。"《世本·帝系篇》:"陆终娶于鬼方氏之妹,谓之女嬇,是生六子。"

⑦ 昭王:周昭王。《史记·周本纪》张守节《正义》引《帝王世纪》:

"昭王德衰，南征，济于汉，船人恶之，以胶船进之，王御船至中流，胶液船解，王及祭公俱没于水中而崩。"

⑧ 朏朏：《山海经·中山经》："霍山，……有兽焉，其状如狸而白尾有鬣，名曰朏朏，养之可以已忧。"

⑨ 鵸鵌：《山海经·西次三经》："翼望之山，……有鸟焉，其状如乌，三首六尾而善笑，名曰鵸鵌。服之使人不厌。"

⑩ 《后汉书·礼仪志中》："伯奇食梦。"伯奇是逐疫十二神（兽）之一。后世"食梦貘"传说或由此及《神异经》"獏獝食人脑"转化而来。

## 帝 江[①]


噫！世人讥讽我为不肖之子，
只因黄帝有四张脸，而我一团浑沌，
却与他同住在大地的中心。
那么，我不如避居到遥远的天山[②]，
那里蓊蔚的云下，黄金和美玉闪闪发光。
我名副其实，体内聚积着鸿蒙的元气。
聂耳国的人，整日用手捏着长耳朵，
听不见身边老虎的吼声，又何况虫鸣呢[③]？
我没有耳朵，却能听闻三百五十里外
天真的耆童那钟磬般的歌声[④]，
但我最爱听的其实是万古的沉默。
狰訑[⑤]的眼睛长在背上，鹠鹕[⑥]有六只眼，
不如我，不视而见，观其所变，
我的灵视遍及天地万物，大到宇宙，
小到蜗牛角上触氏国与蛮氏国那
万千小人忙碌而激烈的征战[⑦]。
庖厨伊尹盛赞的夜飞的鳐鱼[⑧]，
我不必用舌头就能感知它的美味。

犍⑨，和我一样不长嘴的灵兽，活着，

靠什么？靠贯穿长虹的浩然之气。

儵与忽⑩，请不要把我雕琢！

我可不是石头，我有六只脚，

四张翅膀，每根神经都会舞蹈。

---

① 帝江：亦作帝鸿。《山海经·西次三经》："天山……有神焉，其状如黄囊，赤如丹火，六足四翼，浑敦无面目，是识歌舞，实惟帝江也。"《左传·文公十八年》："帝鸿氏有不才子……天下之民谓之浑敦。"杜预注："帝鸿，黄帝。"毕沅："江读如鸿。"

② 《庄子·应帝王》："中央之帝为浑沌。"应为较早神话。按帝江居天山，与中央帝黄帝不相配。

③ 《山海经·海外北经》："聂耳之国在无肠国东，使两文虎，为人两手聂其耳。"郭璞注："言耳长，行则以手聂持之也。"

④ 耆童：即老童，颛顼子。《山海经·西次三经》："騩山，神耆童居之，其音常如钟磬。"

⑤ 猼訑：《山海经·南山经》："基山，其阳多玉，其阴多怪木。有兽焉，其状如羊，九尾四耳，其目在背，其名曰猼訑。"

⑥ 鹎鴼：《山海经·南山经》："基山，……有鸟焉，其状如鸡而三首六目，六足三翼，其名曰鹎鴼，食之无卧。"

⑦ 触氏国与蛮氏国：《庄子·则阳》："有国于蜗之左角者，曰触氏；有国于蜗之右角者，曰蛮氏。时相与争地而战，伏尸数万，逐北（败）旬有五日而后反（返）。"

⑧ 伊尹：商初大臣。名伊，一说名挚。尹是官名。《墨子·尚贤篇》：

"伊尹为莘氏女师仆,使为庖人(厨师)。"鳐鱼:《吕氏春秋·本味篇》:"伊尹对曰:'鱼之美者……藿水之鱼,名曰鳐,其状如鲤而有翼。常从西海夜飞,游于东海。'"

⑨ 㺊:《玉篇·羊部》:"旬山有兽,名之曰㺊,其状如羊,禀气自然,不可杀也。"《山海经·南次二经》:"洵山,有兽焉,其状如羊而无口,不可杀也,其名曰㺊。"

⑩ 儵与忽:《庄子·应帝王》:"南海之帝为儵,北海之帝为忽。……儵与忽谋报浑沌之德,曰:'人皆有七窍,以视听食息,此独无有。'尝试凿之,一日凿一窍,七日浑沌死。"

# 魌　头[①]

为什么让嫫母[②]在前开道，难道她相貌丑陋，
就能吓唬厉鬼？送葬的队伍中，
那方相氏[③]戴着金面具，披着熊皮舞大傩。
巫阳[④]降下，为死于道途的嫘祖[⑤]招魂，
历数幽都的可怖，土伯的凶恶。

腊日的前一天，逐疫之傩更加盛大。
十二人扮成野兽，率领一百二十个童男子，
以穷奇、滕根的名义，高唱可怖的《食蛊歌》，
一千骑士举着火把，绕行禁中，
直到洛水被照得亮如银河[⑥]。

而毛嫱和西施那样的绝世美人，
"鸟见之高飞，麋鹿见之决骤。"[⑦]
当她们戴着同样的面具招摇过市，
俗人都远远避开，又何况真人王倪[⑧]？
孔子"面如蒙倛"[⑨]，他可是有熊氏[⑩]的后裔？

① 魌头：面具。《周礼·夏官·方相氏》："方相氏掌蒙熊皮。"郑玄注："冒熊皮者，以惊驱疫疠之鬼，如今魌头也。"
② 嫫母：《珊玉集》卷十四《丑人篇》："嫫母，黄帝时极丑女也。……今之魌头是其遗像。"《云笈七签》卷一百所收唐王瓘《轩辕本纪》："帝周游行时，元妃嫘祖死于道，帝祭之以为祖神。令嫫母监护于道，因以嫫母为方相氏。"
③ 方相氏：古之逐疫神。《周礼·夏官·方相氏》："方相氏掌蒙熊皮，黄金四目，玄衣朱裳，执戈扬盾，帅百隶而时难（傩），以索室驱疫。"
④ 巫阳：神巫名。《楚辞·招魂》："帝告巫阳。"《山海经·海内西经》："开明东有……巫阳……"
⑤ 嫘祖：黄帝妻。
⑥《后汉书·礼仪志中》："先腊一日大傩，谓之逐疫。其仪选中黄门子弟，年十岁以上，十二以下，百二十人为侲子，……十二兽有衣毛角。……以逐恶鬼于禁中。于是中黄门倡，侲子和，曰：'……穷奇、腾根共食蛊。'……门外五营骑士，传火弃雒（洛）水中。"
⑦《周礼·夏官·方相氏》孙诒让《正义》："《慎子》曰：'毛嫱、西施天下之至美也，衣之以皮倛，见之者皆走也。'……汉魌头，即周之皮倛。""鸟见之高飞，麋鹿见之决骤"：语出《庄子·齐物论》。
⑧ 王倪：传说中尧时贤人。参见《庄子·齐物论》、《庄子·天地》篇。
⑨ 语出《荀子·非相》。
⑩ 有熊氏：汉班固等《白虎通·号》称黄帝为"有熊氏"。《吕氏春秋·贵公》："丑不若黄帝。"

## 飞兽神①

耳鼠②用尾巴飞；当扈③用须髯飞；
鳛鳛④鱼用鳞羽飞；飞兔⑤用背上的细毛飞；
肥遗蛇⑥有六只脚、四张翅膀，
从太华山一气飞到阳山。
鹿身雀头、蛇尾豹纹的神禽飞廉，
银河中明亮的箕星⑦，以光为翅膀，
一旦飞起来就山呼海啸。
水生的小精灵庆忌⑧在千里之外，
随时听命于你，只要你叫它的名字，
骨腾肉飞⑨，一天之内准能来到你的面前。
人面牛身的飞兽神却徒有其名，
不仅不见飞翔的身影，
走路却要拄着拐杖。
单臂的奇肱人⑩会制造飞车，
没有脚的氐人⑪能上下于天，
是什么使他丧失了飞翔的本领？

① 飞兽神：《山海经·西次二经》："凡自钤山至于莱山，凡十七山，……其十神者，皆人面而马身，四足而一臂，操杖以行，是为飞兽之神。"

② 耳鼠：《山海经·北山经》："丹熏之山，……有兽焉，其状如鼠，而菟（兔）首麋身，其音如獆犬，以其尾飞，名曰耳鼠。"

③ 当扈：《山海经·西次四经》："上申之山，……其鸟多当扈，其状如雉，以其髯飞。"

④ 鰩鰩：《山海经·北山经》："涿光之山，嚣水出焉，而西流注于河。其中多鰩鰩之鱼，其状如鹊而十翼，鳞皆在羽端。"

⑤ 飞兔：清王谟《汉唐地理书钞》辑《括地图》："天池之山，有兽如兔，名曰飞兔，以背毛飞。"

⑥ 肥遗蛇：《山海经·西山经》："太华之山，……有蛇焉，名曰肥遗，六足四翼，见则天下大旱。"

⑦ 飞廉：即风伯。《风俗通·祀典》："飞廉，风伯也。……风师（伯）者，箕星也。箕主簸扬，能致风气。"《独断》上："风伯，箕星也，其象在天，能兴风。"《楚辞·离骚》："后飞廉使奔属。"洪兴祖补注："晋灼曰：'飞廉鹿身，头如雀，有角，而蛇尾豹文。'"

⑧ 庆忌：《管子·水地》："涸泽数百岁，谷之不徙、水之不绝者，生庆忌。庆忌者，其状如人，其长四寸，衣黄衣，冠黄冠，戴黄盖，乘小马，好疾驰。以其名呼之，可使千里外一日反（返）报。此固泽之精也。"

⑨ 语出汉赵晔《吴越春秋·阖闾内传》。

⑩ 奇肱人：《山海经·海外西经》："奇肱之国……，其人一臂三目，有阴有阳，乘文马。"郭璞注："又云：'其人善为机巧，以取百禽；能作飞车，从风远行。'"

⑪ 氐人:《山海经·海内南经》:"氐人国在建木西,其人为人人面鱼身,无足。"《大荒西经》:"有互(氐)人国,……是能上下于天。"

## "时日曷丧?"


齐景公得了水肿病,梦中竟与
两个太阳搏斗,听得见肾脏发出的呻吟,
这死亡之兆令他大惊失色①。
善辞令的晏婴②用阴阳术为他占梦,
三天后病就好了。他若知病病③,
何以两个太阳来摄魂?

周幽王二年大地震,
"三川竭,岐山崩。"
四年之后的十月初一,
太阳刚升起,就出现了日食。
不堪服役的人写下一首讽谕诗:
"此日而食,于何不臧!"④

《淮南子》说:麒麟相斗,
遮蔽了天阳,这就是日食的原因⑤。
那祥瑞的独角兽连虫子都不伤害,
又怎能相互争斗呢?

所以叔孙氏西狩获麟，孔子见了
喟然长叹："吾道穷矣！"⑥

夏桀残暴而自比太阳⑦，
人民之间遂彼此隔绝、仇恨，
于是有人诅咒他：
"时日曷丧？予及汝偕亡！"⑧

---

① 齐景公（？—前490年）：春秋时期齐国君主。《晏子春秋》第六："景公病水，卧十数日，夜梦与二日斗，不胜。晏子朝，公曰：'夕者梦与二日斗，而寡人不胜，我其死乎？'晏子对曰：'请召占梦者。'……占梦者对曰：'公之所病，阴也；日者，阳也。一阴不胜二阳，公病将已。'居三日，公病大愈。"
② 晏婴（前578—前500年）：字仲。春秋时期齐国上大夫。
③ 参见《老子·七十一章》："圣人不病，以其病病，是以不病。"
④ 参见《国语·周语上》："幽王二年，西周三川皆震。……是岁也，三川竭，岐山崩。十一年，幽王乃灭，周乃东迁。"《诗经·小雅·十月之交》："十月之交，……日有食之。"清阮元《揅经室集》："周幽王六年，十月建酉，辛卯朔，日入食限，载在史志。""此日而食，于何不臧"：语出《诗经·小雅·十月之交》。
⑤ 参见《淮南子·天文训》："麒麟斗而日月食。"
⑥ 参见《左传·卷十二》："哀公十四年春，西狩于大野，叔孙氏之车子鉏商获麟，以为不祥，以赐虞人。仲尼观之曰：'麟也。'"《公羊

传·哀公十四年》:"西狩获麟,孔子曰:'吾道穷矣!'"
⑦《史记·殷本纪》南朝宋裴骃《集解》:"《尚书大传》曰:'桀云:……日有亡矣,日亡吾亦亡矣。'"《殷本纪》:"夏王率止众力,率夺夏国,有众率怠不和。"率,语气助词。
⑧ 语出《尚书·汤誓》。

# 魔　镜


日林国巨大的石镜,

比哈勃天文望远镜大数万倍,

最远的星星都环游在它里面。

它同时又是透视镜,

人站在它面前,脏腑中的小鬼毕现,

疗疾胜似黄庭内照,

国民寿长三千岁[①]。


渠国进贡周穆王的火齐镜,

只有二尺六寸见方。

镜中燃烧着不熄的火焰,

于是,世间的黑暗无处躲藏。

它还有个绝技,总是有求必应,

你若是问它吉凶悔吝,

它就回答你元亨利贞[②]。

---

① 《述异记》卷下:"日林国有神药数千种。其西南有石镜,方数百

里，光明朗彻，可鉴五脏六腑，亦名仙人镜。国中人若有疾，辄照其形，遂知病起何脏腑，即采神药饵之，无不愈。其国人寿三千岁，亦有长生者。"黄庭内照：参见《黄庭经》。《云笈七签》卷十二："黄者，二仪之正色；庭者，四方之中庭。"内照即"临目内想"，"内视密盼"之法。

② 宋曾慥《类说》卷一引《拾遗记》："周穆王时，渠国贡火齐镜，大二尺六寸，暗中视之，如白昼。人向镜语，则镜中响应之。"渠国，盖《尚书·禹贡》之"渠搜"，《逸周书·王会》之"渠叟"。《凉土异物志》："古渠搜国，在大宛北界。"

# 干将①剑

## 一、眉间尺②

别人都其乐融融,
一家子懒洋洋晒着太阳。
我总是一个人远远地走到河边,
既想看见又害怕自己倒映的脸。

老鼠使我感到亲切,
来,我的玩伴,
告诉我地下的事情,
那里是否藏着什么不详的宝贝?

母亲,我已经十六岁,
早不想这么玩闹了。我的眉毛在跳。
父亲到底是怎么死的?
今天,我已经听见他的召唤。

## 二、莫邪③

孩子,我不会将你的身世
一直隐瞒。过往只是债务。
终于盼到你——我的亲骨肉,
挺身出来去寻找债主。

正如我生下了你,有人却
生下铁④。大王梦想的天下第一剑
就用它铸成,可它也铸成了
我一生中最大的错误。

去吧,去完成你父亲的遗嘱!
勇敢,但更要以巧计周旋,
去同那夺走父爱的人决一雌雄。
干将,我已兑现了许下的诺言。

## 三、楚王

那少年是谁?眉间广尺,
英气让我想起曾经令我思慕,
如今使我战栗的物件,
一道寒光直逼我的床前。

确凿如命名了《春秋》的梼杌[5],
从我梦见的地点拱出,
搅乱了我的思绪。
一整天,我只看见獠牙,

却看不见它虬龙般的长尾[6]。
卫士,给我搜遍全境!
要像捕捉狡黠的麋鹿那样,
到处布下伪装的罗网[7]。

## 四、黑衣客[8]

你,复仇者,最年轻、
最忧伤的刺客。
天下谁人不识你父亲,
美名广播于吴、楚、晋、郑之间[9]。

龙渊、太阿与工布[10],
巍巍兮翼翼,如月光的波动,
诸侯求之而不得,一夜尽白头[11]。
可那啸叫的一柄,此刻

就背在你身上，正等着你，
后之以发，先之以至⑫呢。
可你为何不往楚都去，
却在这山中大放悲歌⑬？

## 五、眉间尺

听说大王以千金
悬赏我的头，为了复仇，
我愿献出一切。
可我无计可施，太仓促

太稚嫩，还来不及学会
见血封喉的剑术。
义士，不知何故我信任你，
请帮我完成这危险的任务。

让我亮出那与我父亲同名
——唯一能报答你的宝贝。
看，它听从你。请别犹豫，
请马上取走我的首级⑭！

## 六、黑衣客

大王，我听说您喜好幻术，

但我不是偃师、巧倕、公输班⑮之徒,
入水火、贯金石、反山川、移城邑⑯,
并非我所擅长。

我献上的不是败絮其内的倡者⑰,
而是一颗真实的头颅。
它也会瞬目⑱呢,除非放入
汤镬⑲烹煮,这您所畏惧的勇士

就不会屈服。给我三天三夜,
纵使它硬如铁胆,也要被沸水熬烂⑳。
堆起柴禾,将火点燃吧!
退下侍妾,免得她们怪叫惊呼。

## 七、眉间尺

噫吁嚱!荒野之中我的身躯
跪着,向母亲的方向行礼,
而我的头颅在滚烫的汤镬里,
一如在茫茫大海之上漂浮。

大王,你砍掉的头颅何止千万?
可我这一颗竟使你寝食难安。

来呀,靠近点,听听我的《徐人歌》[21]:

"血乎呜呼!干将之子兮不忘故。"[22]

来呀,当义士手起剑落,

你我的头颅就在血池里共舞。

如果这样还不能使你满足,

第三颗就将义无反顾地加入[23]。

---

① 干将:《吴越春秋·阖闾内传》:"干将者,吴人也,与欧冶子同师,俱能为剑。"(阖闾)使剑将作为两枚,一曰干将,二曰莫邪。莫邪,干将之妻也。"
② 眉间尺:亦作眉间赤、赤鼻。干将、莫邪子。《搜神记》卷十一:"莫邪子名赤比(鼻),后壮,乃问其母曰:'吾父所在?'母曰:'汝父为楚王作剑,三年乃成,王怒,杀之。去时嘱我:语汝子:出户望南山,松生石上,剑在其背。'于是……得剑。日夜思欲报楚王。王梦见一儿,眉间广尺,言欲报仇。王即购之千金。"
③ 见注①。
④《广博物志》卷三二引《烈士传》:"楚王夫人夏夜纳凉,抱铁柱,心有所感,产一铁,楚王令镆(莫)邪铸为双剑。"
⑤ 梼杌:《左传·文公十八年》:"颛顼氏有不才子,不可教训,不知话言,……天下之民谓之梼杌。"《孟子·离娄》:"晋之《乘》,楚之《梼杌》,鲁之《春秋》,一也。"
⑥《神异经·西荒经》:"西荒之中有兽焉,其状如虎而犬毛,长二尺,

人面、虎足，猪口牙，尾长一长八尺，搅乱荒中，名梼杌。"
⑦ 参见《战国策》卷十四："今山泽之兽，无黠于麋。麋知猎者张网，前而驱己也，因还走而冒人，至数。猎者知其诈，伪举网而进之，麋因得矣。"
⑧ 参见《搜神记》卷十一。
⑨ 《越绝书·外传》："晋、郑王闻而求之（剑），不得，兴师围楚之城，三年不解。"
⑩ 同上："楚王令风胡子之吴，见欧冶子、干将，使人作铁剑……三枚，一曰龙渊，二曰太阿，三曰工布。"
⑪ 同上："于是楚王闻之，引太阿之剑，登城而麾之，三军破败，……晋、郑之头毕白。"
⑫ 语出《庄子·说剑》。
⑬ 同注③："儿（眉间尺）闻之，亡去，入山，行歌。客有逢者，谓：'子年少，何哭之甚悲邪？'"
⑭ 同上："（眉间尺）曰：'吾干将、莫邪子也，楚王杀吾父，吾欲报之。'客曰：'闻王购子头千金，将子头与剑来，为子报之。'儿曰：'幸甚。'即自刎，两手捧头及剑奉之，立僵。客曰：'不负子也。'于是尸乃仆。"
⑮ 偃师：古代传说中之"巧人"，即巧匠，参见《列子·汤问篇》。巧倕：《山海经·海内经》："帝俊生三身，三身生义均，义均是始为巧倕，是始作下民百巧。"《世本·作篇》："倕作钟。"《荀子·解蔽》："倕作弓。"公输班：即鲁班，姓公输名班，春秋时鲁国人。
⑯ 入水火、贯金石、反山川、移城邑：语出《列子·周穆王篇》。
⑰ 倡者：倡优。此处指偶人。参见《列子·汤问篇》。
⑱ 参见同上："倡者瞬其目（眨眼）而招王之左右侍妾。"
⑲ 镬：无足的鼎，即大锅。

⑳《搜神记》卷十一:"客持头往见楚王,王大喜。客曰:'此乃勇士头也,当于汤镬煮之。'王如其言,煮头三日三夕不烂。"

㉑《徐人歌》:先秦古歌,载刘向《新序》。

㉒血乎呜呼:语出鲁迅《故事新编·铸剑》。干将之子兮不忘故:参见《徐人歌》:"延陵季子兮不忘故,脱千金之剑兮带丘墓。"(《古诗源》)其异文"延陵季子不忘旧故,脱千金之剑挂丘树。"见《艺文类聚》卷三十四。

㉓同注⑧:"(眉间尺)头踔出汤中,瞋目大怒。客曰:'此儿头不烂,愿王往临视之,是必烂也。'王即临之。客以剑拟王,王头遂堕汤中;客亦自拟己头,头复堕汤中。三首俱烂,不可识别。"《太平御览》卷三六四引《吴越春秋》逸文:"客于后以剑斩王头,入镬中,二头相咬。客恐尺不胜,自以剑拟头入镬中,三头相咬。七日后,一时俱烂。"

# 第五章

# 狍 鸮[①]

在夏鼎上有人看见那怪物,
夏鼎消失了,那怪物的形象留存。
那时和后来发生了什么?
这食人兽吃掉了几个心脏,几吨肉?
盲人左丘明[②]似乎看得更清楚,
关于铸鼎,他解释道:
用象征的手段"使民知神奸"[③]。
我听说狍鸮即饕餮,而饕餮即蚩尤[④],
可怕的饥饿源于贪婪的本性。
当石头和铁吃完了就吃人,
人吃完了就吃自己。
从爪开始吃,两寸长的虎牙
咬进肌肉,砉然响然[⑤],如庖丁解牛。
它吞下肉翅和腋下的眼睛就更疯了,
一路狂啖,直到皮毛都不剩。
于是我们听见愤怒的咆哮
使孤零零的脑袋分了家——
这变形记的演出以报应收场。

博学的左丘明先生,请告诉我,

为什么庶戮⑥们依旧战战兢兢?

水泽山林里不见他们的踪影?

---

① 狍鸮:《山海经·北次山经》:"钩吾之山,……有兽焉,其状羊身而人面,其目在腋下,虎齿人爪,其音如婴儿,名曰狍鸮,是食人。"郭璞注:"为物贪惏,食人未尽,还害其身,像在夏鼎,《左传》所谓饕餮是也。"

② 左丘明:(约前 502—约前 422 年),姓丘,名明,因其父任左史官,故称左丘明。春秋末期鲁国史官,《左传》、《国语》的作者。

③《左传·宣公三年》:"昔夏之方有德也,远方图物,贡金九枚,铸鼎象物,百物而为之备,使民知神奸。故民入川泽山林,不逢不若。魑魅魍魉,莫能逢之。"

④《左传·文公十八年》:"缙云氏有不才子,贪于饮食,冒于货贿,侵欲崇侈,不可盈厌;聚敛积实,不知纪极;不分孤寡,不怜穷匮。天下之民以比三凶,谓之饕餮。"《路史·蚩尤传》注:"蚩尤天符之神,状类不常,三代彝器,多著蚩尤之像,为贪虐者之戒。其像率为兽形,傅以肉翅。"

⑤《吕氏春秋·先识》:"周鼎著饕餮,有首无身,食人未咽,害及己身,以言报更(偿)也。"《山海经图赞·狍鸮》:"食人未尽,还自龈割(啃咬)。"砉然响然:语出《庄子·养生主》。

⑥ 庶戮:旧时对人民的蔑称。

# 嘘①

天与地分离,
再也无人托举那顶盖。
星辰,渐行渐远,
曾是手足的参与商②发誓永不相见。
你无手,双足如长腿蚊的脚
支起头颅。
身患残疾的浑天仪的肉块,
摇摇晃晃,
被派往日月山
驻守。

气母③的一口气,
在灿烂的房宿④开花,
也催开了你的名字。
天犬⑤吞下太虚的白垩,
一路狂吠,
倾人城,灭人国,
燃起废墟的火。

傅说⑥骑在尾星上面,

亮光小得容得下

精神。

你在极地听着涧水

和采石丁丁,

你梦见武丁的梦⑦

捕住那衣褐带索的奴隶。

他辅佐了他的王国,

他的使命已经完成。

你在星图上添上一个标记:

那列星中的孤儿,

绕着天枢,

於穆不已⑧。

---

① 嘘:《山海经·大荒西经》:"大荒之中,有山,名曰日月山,天枢也。吴姖天门,日月所入。有神,人面无臂,两足反属于头上,名曰嘘(噎)。……帝令重献上天,令黎邛下地,下地生噎。处于西极,以行日月星辰之行次。"按"嘘"、"噎"、"噎鸣"异名而同谓。
② 参与商:《左传·昭公元年》:"昔高辛氏有二子,伯曰阏伯,季曰实沈,居于旷林,不相能也。日寻干戈,以相征讨。后帝不臧,迁阏伯于商丘,主辰,商人是因,故辰为商星;迁实沈于大夏,主

参,唐人是因,以服事夏商。"高辛氏:《世本·帝系篇》:"帝喾,高辛氏。"

③ 气母:参见《庄子·大宗师》:"夫道,……狶韦氏得之,以挈天地;伏戏(羲)氏得之,以袭气母。"

④ 房宿:二十八宿之一。

⑤ 天犬:《山海经·大荒西经》:"有赤犬,名曰天犬,其所下者有兵。"

⑥ 傅说:武丁相,星名。《楚辞·远游》:"奇傅说之托辰星兮。"洪兴祖补注引《庄子音义》:"傅说死,其精神乘东维,托龙尾,今尾(星)上有傅说星。"

⑦ 武丁:《史记·殷本纪》:"武丁夜梦得圣人,名曰说。……于是乃使百工营求之野,得说于傅险中。……得而与之语,果圣人,举以为相,殷国大治。"

⑧ 语出《诗经·周颂·维天之命》。

## 獬 豸①

有角,
独角兽的角,如矛尖。
它认得你,佞人。

隐匿,在水泽与松柏之间,
独来独往于
冬夏。

从何处?皋陶②的马嘴
召唤它前来,
舌头舔过屈佚草③,
能断狱。

他们以正义之名
戴上羊头冠④,
他们列队走上庭阶,瞒天过海。
它径直迎上前,
角,不徇私情,

刺向你。

---

① 獬豸：亦作觟䚦、解廌。《述异记》卷上："獬豸者，一角之羊也。性知人有罪。皋陶治狱，其罪疑者，令羊触之。"清陈元龙《格致镜原》卷八二引《神异经》："东北荒中有兽如羊，一角，毛青，四足，性忠直，见人斗则触不直，闻人论则咋不正。名曰獬豸，一名任法兽。"
② 皋陶：尧臣。《论衡·是应》："觟䚦者，一角之羊也，性知有罪。有罪则触，无罪则不触。斯盖天生一角圣兽，助狱为验。故皋陶敬羊，起坐事之。"《淮南子·脩务训》谓皋陶"马喙"。
③ 屈佚草：《玉函山房辑佚书》卷七二辑《田俅子》："黄帝时有草生于庭阶。有佞人入朝，则草指之，名曰屈佚。是以佞人不敢进也。"
④ 羊头冠：即獬豸冠。《后汉书·舆服志下》："法冠……执法者服之，……或谓之獬豸冠。獬豸神羊，能别曲直，楚王尝获之，故以为冠。"

# 湘灵

号曰夫人，
是维湘灵。
——郭璞《帝二女》

## 一

既是两个，又是同一个，那一对姐妹①
难分彼此，珍珠般仿佛刚从巨蚌里出来。
鲜嫩，如朝阳颁发的赦令，
御着风，并肩而行，翩翩的联袂
抖动在风中的小旗，配合着潇潇木叶。
其中一片被浅濑②含着。发间水滴如振玉，
如粉碎中正在集结的晨霜。
洞庭，你的内部孕着一个十月，
水室③在荷盖下面，摇晃镜子，
桂花簌簌而下，蘼芜与芎䓖④的幽芳
从魔瓶里倾倒出来，嫋嫋秋风⑤
又把女神的体香向岸上吹送。

## 二

她们是谁的女儿?抑或生下了自己?
一个叫朝云,另一个叫暮雨⑥。
水汽向上攀升,沿着光扩散的圆圈,
那里一道强大的射线击中了腋窝。
于是她们把手臂抬得更高,搭起遮蓬,
向水天的深处骋望。白蛇挂树,
飞蛇从柴桑山而来⑦,这贴身的卫队
箭矢般,撞响脚环与耳坠。
麋鹿站在庭院中⑧,高大的角枝安详。
舞大濩⑨的人齐声歌唱迎神曲:
"云谁之思,西方美人。"⑩
正当双虹如拱,跨越巫山和云梦。

## 三

不可殚形⑪的女神,多么会变!
为云,为星,忽焉又现身人形。
到底是蕃草⑫还是灵芝的魅惑
让那巡游高唐的楚王⑬寸肤如灼?
只欲完成一次人与神无上而非分的媾和。
看,她脱去丝裸,来到他的面前,

并弛的神光⑭几乎要把那肉眼凡胎秒杀。
有福的人哪,尝过了流潦滂霈⑮的滋味,
却不知梦里又有一个恼人的梦,
器官般吹燃,菊花般被饕餮。
她扔下话语,像扔下一群死蝴蝶,
他呢?跌回自己,困惑于无解。

## 四

出没浩渺的沅澧与江汉,湖山之祩⑯,
如一个元音的叶韵,袅娜于舌与颚之间。
人的先妣,女娲的多少个变体!
皇刾刾兮灵殷殷⑰,喷薄而起,不可以已。
水之湄,山之阿,她们在哪里嬉戏,
哪里就生长黄金、欢乐与呼吸。
你若是错认她们为尸女⑱,你将两手空空;
你若是听从召唤,必先沐浴,斋戒,
沿着一篇赋骈俪的文辞进入十月,
进入盟誓的石头⑲界定的万方。
那里白昼的统治者,护国的女神
等着你,去成为抵御残暴的人杰。

① 《山海经·中次十二经》："洞庭之山帝之二女居之，是常游于江渊。澧、沅之风，交潇、湘之渊，是在九江之间，出入必以飘风暴雨。"《楚辞·九歌》郭璞注："按《九歌》，湘君、湘夫人自是二神，江湘之有夫人，犹河洛之有宓妃也。此之为灵，与天地并矣，安得谓之尧女？"按此，"帝二女"非娥皇、女英。
② 浅濑：参见《楚辞·九歌·湘君》："石濑兮浅浅。"
③ 水室：参见《楚辞·九歌·湘夫人》："筑室兮水中。"
④ 蘪芜：《山海经·西山经》："浮山，……有草名曰薰草，……臭如蘪芜。"郭璞注："蘪芜，香草。"芎䓖：《西山经》："号山，……其草多……芎䓖。"郭璞注："芎䓖一名江蓠。"
⑤ 参见《楚辞·九歌·湘夫人》："嫋嫋兮秋风，洞庭波兮木叶下。"
⑥ 参见宋玉《高唐赋》："妾在巫山之阳，高邱之岨，旦为朝云，暮为行雨。朝朝暮暮，阳台之下。"
⑦ 《山海经·中次十二经》："柴桑之山……多白蛇、飞蛇。"郭璞注："（飞蛇）即螣蛇，乘雾而飞。"
⑧ 参见《楚辞·九歌·湘夫人》："麋何食兮庭中？"
⑨ 《大濩》：又名《汤乐》，祀高禖时用的舞蹈。《周礼·大司乐》曰："舞《大濩》以享先妣。"
⑩ 语出《诗经·国风·简兮》。
⑪ 语出宋玉《神女赋》。
⑫ 菖草：同《羲和》注③。
⑬ 参见宋玉《高唐赋》："昔者先王尝游高唐，怠而昼寝。梦见一妇人曰：'妾巫山之女也，为高唐之客。闻君游高唐，愿荐枕席。'"
⑭ 参见《山海经·海内北经》："二女之灵能照此所方百里。"
⑮ 流潦滂霈：语出汉焦延寿《易林·履之恒》。原文"潼溣蔚荟，肤

寸来会，津液下降，流潦滂霈。"

⑯ 禖：神媒，亦称高禖、郊禖。《路史·后纪》二："少佐太昊祷于神祇，而为女妇正姓氏，职昏姻，通行媒，以重万民之则，是曰神媒。"注引《风俗通》："女娲祷祠神祇而为女媒，因置昏姻，行媒始此明矣。"

⑰ 皇剡剡：参见《楚辞·离骚》："皇剡剡其扬灵兮。"灵殷殷：参见汉《郊祀歌》十九："灵殷殷，烂扬光。"

⑱ 尸女：《春秋·庄公二十三年》："公如齐观社，非礼也。"《穀梁传》："观，无事之辞也，以是为尸女也。"《说文》："尸，陈也，象卧之形。"

⑲ 参见《隋书·礼仪志》二："禖坛石"、"郊禖之石。"闻一多《高唐神女传说之分析》："古之高禖以石为主。"

# 视　肉[①]

从两座坟墓里长出
生与死的赋格，
阴阳的复合体。

胚胎的呼吸，一块肉的
自组织黏糊糊，繁殖快过
一个谜团的
嗫嚅。

如此多的眼睛，
针孔之千眼，睁开，
在呼喊的地下。

菌状的软体，不怕成为刀俎。
无痛之伤口的无尽藏，
滔滔不绝
如真理。

飘忽，如水母，

这无边暗夜里

越滚越大的雪球。

这伤口，望着我们。

---

① 《山海经·海外南经》："狄山，帝尧葬于阳，帝喾葬于阴。爰有……离朱、视肉。"郭璞注："聚（视）肉，……食之尽，寻复更生如故。"《山海经图赞》："聚（视）肉有眼，而无肠胃。……奇在不尽，食人薄味。"《神异经·西北荒经》："西北荒中有脯焉，味如麋鹿脯，名曰追复，食一片复一片。"

## 离 朱[①]

服常树[②],
银光编成绵软的吊床。
像个有巢氏[③],
我在那密不透风的叶里居住。

陆吾[④]在黄帝的宫殿里,
巡行于珍宝、典籍与冕服之间;
站在昆仑之巅,开明兽[⑤]君临天下;
英招[⑥]遨游四海,巨大的翅膀
盖过鹰和鹯。
而有穷鬼[⑦]探出头来,
分辨嗥叫与哀鸣的声部。

他们是神,我为何羡慕?
看守也是我——凡人的天职。
我没有华丽的老虎斑纹,
但我的三颗头颅
旋转,如三盏探照灯,

永不会同时熄灭。

不分昼夜,
我三位一体。
当另外两个睡着了,
第三个就醒着。
双眼(从不曾流泪)
将琅玕树上的果实点数。
那些珠玉——鸾凤的美食,
悬浮着,叮当作响。

时不时,天帝亲自前来,
并对悬圃[2]中的万类感到满意。
再也没有什么会在树下丢失,
一切来自他大脑的
都在这里积聚,闪亮。

---

① 离朱:即离珠。《艺文类聚》卷九〇引《庄子》:"南方有鸟,其名为凤,所居积石千里。天为生食,其树名琼枝,高万仞,以璆琳琅玕为食。天又为生离珠,一人三头,递卧递起,以伺琅玕。"
② 服常树:《山海经·海内西经》:"服常树,其上有三头人,伺琅

轩树。"

③ 有巢氏:《庄子·盗跖》:"古者禽兽多而人民少,于是民皆巢居以避之。昼拾橡栗,暮栖木上,故命之曰有巢氏之民。"

④ 陆吾:《山海经·西次三经》:"昆仑之丘,是实惟帝之下都,神陆吾司之。其神虎身而九尾,人面而虎爪。是神也,司天之九部,及帝之囿时。"《庄子·大宗师》为"肩吾"。

⑤ 开明兽:《山海经·海内西经》:"昆仑南渊深三百仞。开明兽身大类虎而九首,皆人面,东向立昆仑上。"

⑥ 英招:《山海经·西次三经》:"槐江之山,……实惟帝之平圃,神英招司之。其状马身而人面,虎文而鸟翼,徇于四海,其音如榴。"郭璞注:"徇,谓周行也。"

⑦ 有穷鬼:《山海经·西次三经》:"槐江之山,……东望恒山四成,有穷鬼居之,各在一搏。"郭璞注:"搏,犹胁也,言群鬼各以类聚,处山四胁,有穷,其总号耳。"

⑧ 悬圃:即县圃,亦作玄圃、平圃。《文心雕龙·辨骚》:"昆仑悬圃,非经义所载。"

# 后 稷[①]


一出生就被遗弃。
母亲,你为何要踩那巨人的足迹?
三次不认我,三次逃过劫数。
人,不可寄托,在饥饿的荒林里运斧,
难道他们想吃我?
动物们怜悯我,蹄子的雨点
准确,猛烈,但不落在我的身上。
一块脆薄的冰,我躺在上面问天:
谁?谁化装成那只鸟,
来做我的保姆[②]?


我,肉球状怪胎,被视为不详;
我,木德之王[③],哪里有土
就在哪里生长。
"农丈人星见,主岁丰。"[④]
看啊,天雨粟,神耕父[⑤]学会了
斲木为耜,揉木为耒。
七月流火,旱鬼[⑥]四处出没,

人们在圆坛里祭祀，祈雨，
我自玩耍在麻菽之间⑦。
我童稚的梦睡在豆荚里，
当豆荚爆裂，我倾身，
迅速壮大成掌秒的巨人。

黑水之间，都广之野，
草木所聚，百兽爱处⑧。
我愿终老于这片丰饶的土地。
谷神不死⑨！是的，即使在隆冬，
在坚冰之下，我仍将像一尾活泼的鱼⑩。
惊蛰时节，万物萌动，
如我母亲不可思议的子宫。
人，深耕呀！开渠呀！
请打开窦窖⑪像打开墓室。
充足的睡眠之后，
我精神抖擞犹如流淌的脂膏。

---

① 后稷：周先祖。《山海经·大荒西经》："帝俊生后稷，稷降以百谷。"《海内经》："后稷是播百谷。"《尚书·吕刑》："稷降播种，农殖嘉谷。"

② 《史记·周本纪》:"周后稷,名弃。其母有邰氏女,名姜原。姜原为帝喾元妃。姜原出野,见巨人迹,……贱之而身动,如孕者。居期而生子,以为不祥,弃之陋巷,马牛过者,皆避不贱;徙置之林中,适会山林多人;迁之而弃渠中冰上,飞鸟以其翼覆荐之。姜原以为神,遂收养长之。初欲弃之,因名曰弃。"后稷诞生神话另见《诗经·大雅·生民》、《楚辞·天问》。

③ 参见《淮南子·时则训》:"东方之极,……榑木之地,青土树木之野,太皞、句芒之所司者万二千里。"高诱注:"太皞,伏羲氏,东方木德之帝也。"

④ 宋王应麟《玉海》卷一九五:"祥符四年正月……己丑,司天言:'农丈人星见,主岁丰。'"《晋书·天文志》上:"'农丈人'一星,在斗西南,老农主稼穑也。"

⑤ 神耕父:《山海经·中次十一经》:"丰山,……神耕父处之,常游清泠之渊,出入有光,见则其国为败。"

⑥ 《后汉书·郡国志》刘昭注引《文选·张衡·〈南都赋〉》注:"耕父,旱鬼也。"

⑦ 《史记·周本纪》:"弃为儿时,屹如巨人之志,其游戏,好种树麻菽,麻菽美。及为成人,遂好耕农,相地之宜,宜谷者稼穑焉,民皆法则之。"

⑧ 语出《山海经·海内经》,原文:"西南黑水之间,有都广之野,……,灵寿实华,草木所聚。爰有百兽,相群爰处。"

⑨ 语出《老子·第六章》。王弼注:"谷神,谷中央无(谷)者也",似借为"虚谷"之义。此处指稻谷。

⑩ 《淮南子·地形篇》:"后稷垅在建木西,其人死复苏,其半鱼在其间。"

⑪ 窦窖:《礼记·月令》:"穿窦窖。"郑玄注:"穿窦窖者,入地椭曰窦,方曰窖。"

## 神长乘①

嬴母山不像别的山,
草妖与虫孽早已灭绝。
皋陶谟②中盛赞的九德皆备于我
——他们都如是说。

良玉生烟,可望而不可迫于眉睫③。
我的温润配得上玉吗?
"彰厥有常,吉哉!"④
可我仍拖着一条不光彩的豹尾。

我善于自潜是真的——在嬴壳里,
妙万物,远离是非与扰攘。
你们知道水,而我知道太一⑤,
猜吧,我是怎样的一团炁⑥?

---

① 神长乘:《山海经·西次三经》:"西水行四百里,曰流沙,二百里
　 至于嬴母之山,神长乘居之,是天之九德也,其神状如人而豹尾。"

② 皋陶谟：《尚书·虞书》之一篇。"皋陶曰：'都！亦行有九德。'"
③ 语出唐司空图《与极浦书》引戴叔伦语。原文："诗家之景，如蓝田日暖，良玉生烟，可望而不可置于眉睫之前也。"
④ 语出《尚书·虞书·皋陶谟》。
⑤ 太一：亦作泰一。《史记·天官书》张守节《正义》："泰一，天帝之别名也。"汉甘公、石申《星经》："太一星在天一南半度，天帝神，主十六神。"《郭店楚简》有"太一生水"篇。
⑥ 炁：同"气"。

# 峳峳①

见则其国多狡客。
——《东次二经》



麋鹿般四不像②,獌狿③般长着四只角。
天荒地乱,什么样的邪灵蛰伏在它身上?
繁殖得比菌人还快!虫为蛇,蛇为鱼④;
蛙化鼠,鬼拔树⑤。名与物分离而两乖。

日中见十四足兽⑥不必称奇。更名帝江⑦,
中央帝迁居天山,只为保存无面目之昏昏。
而儵与忽⑧仍在忙碌,把天梯当脚手架,
在云端跳来跳去,遇到谁就敲打谁。

峳峳脱颖而出,我看见它升起如血月,
招来狡黠的客星,将灾焰喷向九州。
被附体的人七窍生烟,渐渐习惯于爬行,
被劫持的国度,恐怖如巨灵利维坦⑨——

（它一游动，大海就裂开一道缝隙）。

胕箧⑩者有隐身术，挖地三尺，斧钺不能禁⑪，

宴宾客，起高楼，哼哼⑫来仪之天下。

噫！我看见瘦马腿间夹着牛的睾丸。

什么样的神意设计了如此造物？

何等加速器在它身上合成了可怕的元素？

狓狓乎悠悠，乘不周风⑬吹刮起瘟疫，

这邪灵窃取的光叫祝融⑭也不寒而栗。

---

① 狓狓：《山海经·东次二经》："硾山，……有兽焉，其状如马而羊目，四角牛尾，其音如獆狗，其名曰狓狓，见则其国多狡客。"郭璞注："狡，狡猾也。"
② 麋鹿：俗称"四不像"。
③ 獓狠：《山海经·东次三经》："三危之山，……有兽焉，其状如牛，白身四角，其豪如披蓑，其名曰獓狠，是食人。"
④ 《山海经·海外南经》："自此山来，虫为蛇，蛇号为鱼。"郭璞注："以虫为蛇，以蛇为鱼。"
⑤ 蛙化鼠：参见金元好问《续夷坚志》卷三。鬼拔树：参见《续夷坚志》卷二。
⑥ 日中见十四足兽：参见同上卷四。
⑦ 参见《帝江》注①。
⑧ 参见《帝江》注⑩。

⑨ 利维坦：怪物。参见《旧约圣经·以色列书》第六章。
⑩ 胠箧：胠，撬开；箧，小箱子。参见《庄子·胠箧》。
⑪ 语出《庄子·胠箧》。原文："斧钺之威弗能禁。"
⑫ 啍啍：通谆谆。参见同上："啍啍已乱天下矣。"
⑬ 不周风：《史记·律书》："不周风居西北，主杀生。"《淮南子·地形篇》："隅强（禺彊），不周风之所生也。"蔡邕《独断》称北方帝颛顼为"疫神帝"，则北海海神兼风神的禺强（玄冥）亦为疫神。
⑭ 祝融：火神。《山海经·海外南经》："南方祝融，兽身人面，乘两龙。"《墨子·非攻下》："天命融（祝融）隆（降）火于夏城之闲，西北之隅。"

# 昆仑

——仿卡瓦菲斯

所有的高山是同一座昆仑,

惟有一座其气魂魂,其光熊熊①。

如果你动身前往,必须带上

足够的耐心,足够的胆魄。

如果没有羿②的身手,你将像杨朱③那样哭穷途,

因为通往昆仑的每一条路,都将把你引向别处。

百兽叫嚣乎东西,隳突乎南北④,

好让你学会迷路的艺术,

好让你懂得什么是诱惑。

那座山远在西海流沙,高一万一千里⑤,

也许用一生的时间你也走不到山下,

况且你不是穆天子⑥,没有侍从

浩浩荡荡地跟随你,西王母⑦也不会

为你设宴,用仙桃款待你⑧。

那里万物悉备,应有尽有,

生长着不死之树,玲珑的玉树,

神秘的圣木曼兑,闻所未闻的瑶树、琅玕⑨。

悬圃⑩的规模连巴比伦的空中花园都相形见绌，
九重增城⑪也高过巴别塔，直抵天穹，
四百四十条幽径组成的迷宫你将走不出来，
除非有青鸟⑫做你的向导，
除非你身上佩戴着迷榖⑬。

如果你从南方来，途经招摇山，
请多多采撷祝馀⑭，这样你就不会饥饿。
听见蜀鹿⑮的歌声不要停留，
见到鴸鸟⑯不要奇怪，因为新的放逐已经开始。
如果你从北方来，山獋⑰朝你大笑，你要快跑，
因为你若不被石头击中，就将被大风刮倒。
猰貐和狍鸮会吃人，耳鼠和肥遗蛇会飞⑱，
足智多谋，你就不会遭逢那些不祥之物。
如果你从东方来，别往姑射山⑲去，
因为你还不到成仙的时候。
獥狙和鴢雀⑳将考验你的胆识，
合窳㉑会用婴儿的哭声诱惑你。
如果你从西方来，别让孰湖㉒将你抱举，
那样你将失去力量。尘劳使你睡不安稳，
申遗鱼㉓的肉有奇效，你要自己去浣水中捕捞，
但欢乐的鹴鶋㉔却不可射杀。
更多的奇境等着你去发现，

所有的羞辱都为了成就一个瞬息。

当你登上槐江山①，从高处瞭望，

那时你将一饱眼福，你已经练就了千里眼，

无形中你的身体也已金刚不坏，不逢不若②。

如果你愿意，整个乐园将向你敞开：

炎火山⑰的烈焰不会烧着你的一根头发，

不胜鸿毛的弱水⑱会为你让开一条道。

"鸰兮鸰兮，逆毛衰兮③"，只要你牢记那咒语，

九个头的开明兽⑲将为你打开九个城门⑳，

而明察秋毫的离朱㉑将同时睁开六只眼睛，

指给你看他日夜守护的玄珠树㉒。

那黄帝在赤水遗失的，象罔㉓找到了。

而你就是象罔，那无所用心的人，

那万里挑一，梦入帝乡的人。

现在你可以死了，你的灵魂已经超升。

---

① 参见《山海经·西次三经》："……南望昆仑，其光熊熊，其气魂魂。"

② 羿：见《迎神曲》注㉝。

③ 杨朱：战国时期魏国人。又称杨子、阳子居、阳生。《荀子·王霸》："杨朱哭衢途曰：'此夫过举顷步而觉跌千里者夫！'"衢途，歧路。

④ 语出唐柳宗元《捕蛇者说》。
⑤ 参见《淮南子·地形训》:"……昆仑虚……,其高万一千里百一十四步二尺六寸。"
⑥ 穆天子:见《瑶池之上》注④。
⑦ 西王母:见《羿》注⑩。
⑧ 参见《汉武故事》:"(西王母)因出桃七枚,……与帝二枚。帝留桃著前。王母问曰:'用比何为?'上曰:'此桃美,欲种之。'母笑曰:'此桃三千年一著子,非下土所植也。'"
⑨ 参见《山海经·海内西经》:"开明北有视肉、珠树、文玉树、玕琪树、不死树。……又有离朱、木禾、柏树、甘水、圣木曼兑,……琅玕树。"《淮南子·地形训》:"……昆仑虚……,碧树、瑶树在其北。"
⑩ 悬圃:见《离朱》注⑧。
⑪ 增城:《淮南子·地形训》:"……昆仑虚……,中有增城九重。……旁有四百四十门,门间四里,里间九纯,纯丈五尺。"
⑫ 青鸟:《山海经·大荒西经》:"有西王母之山,……有三青鸟,赤首黑目,一名曰大鵹、一名少鵹,一名青鸟。"
⑬ 迷穀:《山海经·南山经》:"招摇之山,……有木焉,其状如穀而黑理,其华四照,其名曰迷穀,佩之不迷。"
⑭ 祝馀:同上:"招摇之山,……有草焉,其状如韭而青华,其名曰祝馀,食之不饥。"
⑮ 鹿蜀:同上:"杻阳之山,……有兽焉,其状如马而白首,其文如虎而赤尾,其音如谣,其名曰鹿蜀,佩之宜子孙。"郭璞注:"佩谓带其皮毛。"
⑯ 鹴鸟:见《丹朱》注⑩。
⑰ 山𤟤:《山海经·北山经》:"狱法之山,……有兽焉,其状如犬而

人面，善投，见人则笑，其名曰山䰵，其行如风，见则天下大风。"

⑱ 猰㺄：见《贰负之臣》注⑤。狍鸮：见《狍鸮》注①。耳鼠：见《飞兽神》注②。肥遗蛇：见《飞兽神》注⑥。

⑲ 姑射山：《山海经·东次二经》："姑射之山，无草木，多水。"《庄子·逍遥游》："藐姑射之山，有神人居焉。"

⑳ 獦狚：《山海经·东次四经》："北号之山，……有兽焉，其状如狼，赤首鼠目，其音如豚，名曰獦狚，是食人。"蚁雀：《东次四经》："北号之山，……有兽焉，其状如鸡而白首，鼠足而虎爪，其名曰蚁雀，亦食人。"

㉑ 合窳：《山海经·东次四经》："剻山，……有兽焉，其状如彘而人面，黄身而赤尾，其名曰合窳，其音如婴儿。是兽也，食人，亦食虫蛇，见则天下大水。"

㉒ 孰湖：《山海经·西次四经》："崦嵫之山，……有兽焉，其状如马而鸟翼，人面蛇尾，是好举人，名曰孰湖。"郭璞注："喜抱举人。"

㉓ 申遗鱼：《山海经·西次四经》："英鞮之山，……涴水出焉，……是多申遗之鱼。鱼身蛇首六足，其目如马耳，食之使人不眯（厌），可以御凶。"

㉔ 鵸鵌：《山海经·西次三经》："翼望之山，……有兽焉，其状如乌，三首六尾而善笑，名曰鵸鵌，服之使人不厌，又可以御凶。"郭璞注："不厌梦也。"

㉕ 槐江山：《山海经·西次三经》："又西三百二十里，曰槐江之山。……南望昆仑，其光熊熊，其气魂魂。"

㉖ 不逢不若：语出《左传·宣公三年》。

㉗ 炎火山：《山海经·大荒西经》："昆仑之丘，……其下有弱水之渊环之，其外有炎火之山，投物辄然（燃）。"

㉘ 弱水：鲁迅《古小说钩沉》辑《玄中记》："天下之弱者，有昆仑之

弱水焉,鸿毛不能起也。"

㉙《绎史》卷八六引《冲波传》:"有鸟九尾,孔子与子夏见之。人以问孔子,曰:'鹖也。'子夏曰:'何以知之?'孔子曰:'河上之歌云:鹖兮鹖兮,逆毛衰兮,一身九尾长兮。'"《文选·郭璞〈江赋〉》:"奇鹖九头。"

㉚ 开明兽:见《离朱》注⑤。

㉛ 参见《山海经·海内西经》:"昆仑之虚,……面有九门,门有开明兽守之。百神之所在。"

㉜ 离朱:见《离朱》注①。

㉝ 玄珠树:《山海经·海外南经》:"三珠树在厌火北,生赤水上,其为树如柏,叶皆为珠。"郝懿行《山海经笺疏》:"《庄子·天地篇》云:'黄帝游乎赤水之北,遗其玄珠。'盖本此说也。"又:"即琅玕树之类。《海内西经》云:'开明北有珠树。'"按此,"三珠树"或为"玄珠树"之误。

㉞ 象罔:参见《庄子·天地篇》:"黄帝游乎赤水之北,登乎昆仑之丘而南望。还归,遗其玄珠。使知索之而不得,使离朱索之而不得,使喫诟索之而不得也。乃使象罔,象罔得之。黄帝曰:'异哉,象罔乃可以得之乎?'"

# 合唱：天梯①

*八音克谐，……神人以和。*
*——《尚书·舜典》*

## 一、人

谁竖起这垂直体，在大地的中心？
我们仰起头来问：谁？谁站在开端里？
啊，一棵魔法的树！父亲树！
根系盘曲向下，俯之弥深，
百仞扶苏向上，仰之弥高，
树冠之上有群星与凤凰在嬉戏。
它绵软如缨的树皮②曾是我们的襁褓，
它的黑花③开放时百花尽皆失色。

## 二、神

万古长如夜。假如没有开端，
没有瞬息神④的诞生那关键的一秒，
空间在哪里生长？我们又往何处飞行？

和你们一样,我们也是太初的后裔,
曾经的胚胎,在孵化的光卵里⑤。
从对流层到大气层,直抵北极,
天梯的高度也是灵魂的高度,
向上或向下,人神走的是同一条路⑥。

## 三、人

木叶叮咚,我们听见召唤并朝那里云集。
称为神州⑦的大地,曾经是神的故乡,
哪一物不是充满了神性之光?
如同火充满火——可见与不可见的火,
水充满水——流或不流的水。
于是祖先咏唱:"神焉废哉!神焉废哉!"⑧
可我们后来者怎能够到神?
眼看天梯近了,忽然又成了邈远。

## 四、神

火遍烧虚空,所以虚空不真空,
水无形,风无形,所以能随物而赋形。
我们是第六元素⑨,宇宙的无穷变体,
谁也把握不住,但谁也不会绝缘。

再小的虫豸身上也有灵的运作——
这就是在人为人，在物为物⑩的道理。
心的元命苞⑪打开时，凡逝去的都将重临，
亲在的光将瀑布般为你们灌顶。

## 五、人

然而谁运起天斧砍伐了建木？谁派遣了
孤独？从此再也看不见群巫领路，
听不见神谕瑟瑟响着向我们耳语。
当它高耸，通体光明不曾制造阴影，
当它倒下，悄然无声不曾激起回响⑫。
我们回到暗夜里，像瞎子和聋子，
像无人认领的弃⑬，沉沦于新的洪水。
神，请回答我们的天问，请为我们输血！

## 六、神

唯一不死的树是生命树，行走的树，
脊椎，光的垂直体，无限循环着爱的液体。
象征的天梯之后是次元的天梯，
来自上帝的消息靠量子传递。
纵使重与黎⑭绝地天通，令人神殊途，
也不能阻隔我们之间血的联系。

看哪，宇宙树⑮！每颗星都是它播撒的种子，

人，请果敢地靠近它并信赖它！

---

① 天梯：古代传说中之昆仑山、灵山、建木、三桑、寻木等皆为"天梯"，以其能"上下于天"。《淮南子·地形训》："昆仑之丘，或上倍之，是谓凉风之山，登之而不死；或上倍之，是谓悬圃，登之乃灵，能使风雨；或上倍之，乃维上天，登之乃神，是谓太帝之居。"

②《山海经·海内南经》："有木，其状如牛，引之有皮，若缨、黄蛇，其叶如罗，其实如栾，其木若蓲，其名曰建木。"

③《山海经·海内经》："有木，青叶紫茎，玄华黄实，名曰建木。百仞无枝。上有九欘，下有九枸，其实如麻，其叶如芒。"

④ 瞬息神：德国宗教、神话学者乌西诺（Usener）在其著作《神祇名称：试论宗教观念的形成》中提出的概念。参见卡西尔（Cassirer）《语言与神话·宗教观念的演化》："乌西诺追溯了神祇概念的演化过程，他把这一过程划分为三个主要阶段。其中最古老的阶段以'瞬息神'的产生为其标志。"

⑤《史记·殷本纪》："殷契母曰简狄，有娀氏之女，为帝喾次妃。三人行浴，见玄鸟堕其卵，简狄取吞之，因孕生契。"阿里斯托芬《鸟》："黑翅膀的纽克斯（Nuit）首先生出了风卵。"达玛斯克基乌斯《论第一原理》："时间之神克罗诺斯是万物的唯一本原，埃特耳与卡俄斯是两大本原，卵是纯粹之在，由此形成了最初的三联体。在这三联体里，卵居首位。"（见吴雅凌编译《俄耳甫斯教辑语》[OF1]、[OF60]。)

⑥《山海经·海内经》："建木，……太皞爰过（上下），黄帝所为。"

《淮南子·地形训》:"建木在都广,众帝所自上下。"《大荒西经》:"大荒之中,……有灵山,……十巫从此升降。"

⑦ 神州:清王谟《汉唐地理书钞》辑《河图括地象》:"昆仑东南,地方五千里,名曰神州,中有五岳地图,帝王居之。"《史记·孟子荀卿列传》:"中国名曰赤县神州。赤县神州内自有九州,禹之序九州是也。"

⑧ "神焉废哉!神焉废哉!":语出郝懿行《山海经笺疏·山海经叙录》。

⑨ 指五行之外不可见的元素。

⑩ 在人为人,在物为物:语出《太平广记》卷五六引唐杜光庭《墉城集仙录·九天玄女传》。

⑪ 元命苞:明孙瑴《古微书》释《春秋元命苞》:"元,大也;命者,理之隐深也;苞,言乎其罗络也。"

⑫ 《淮南子·地形训》:"建木……,日中无景(影),呼而无响,盖天地之中也。"

⑬ 弃:见《后稷》注①。

⑭ 重与黎:见《迎神曲》注①。

⑮ 宇宙树:以植物形象构成的宇宙模型,在古埃及、玛雅、斯堪的纳维亚及印第安神话中都有这种模型。中国古代神话中的"建木"即"宇宙树"。参见〔俄〕梅列金斯基《神话的诗学·宇宙模式》:"弗·尼·托波罗夫将宇宙树视为运动过程(垂直向)的,同时又是恒定结构(水平向)的典型模式。据他看来,这种宇宙树对人类宇宙观的历史中整整一个时代来说,是居于主导地位的、统摄其他一切因素的宇宙意象。"

## 图书在版编目(CIP)数据

《山海经》传/宋琳著.—上海:华东师范大学出版社,2021
ISBN 978-7-5760-2001-4

Ⅰ.①山… Ⅱ.①宋… Ⅲ.①诗集—中国—当代 Ⅳ.①I227

中国版本图书馆 CIP 数据核字(2021)第 140613 号

华东师范大学出版社六点分社
企划人 倪为国

**本书著作权、版式和装帧设计受世界版权公约和中华人民共和国著作权法保护**

### 《山海经》传

| | |
|---|---|
| 作　者 | 宋　琳 |
| 责任编辑 | 倪为国　古　冈 |
| 责任校对 | 王寅军 |
| 封面设计 | 蒋　浩 |
| 出版发行 | 华东师范大学出版社 |
| 社　址 | 上海市中山北路 3663 号　邮编　200062 |
| 网　址 | www.ecnupress.com.cn |
| 电　话 | 021-60821666　行政传真　021-62572105 |
| 客服电话 | 021-62865537　门市(邮购)电话　021-62869887 |
| 地　址 | 上海市中山北路 3663 号华东师范大学校内先锋路口 |
| 网　店 | http://hdsdcbs.tmall.com |
| 印 刷 者 | 上海盛隆印务有限公司 |
| 开　本 | 787×1092　1/32 |
| 插　页 | 1 |
| 印　张 | 6.5 |
| 版　次 | 2021 年 8 月第 1 版 |
| 印　次 | 2021 年 8 月第 1 次 |
| 书　号 | ISBN 978-7-5760-2001-4 |
| 定　价 | 68.00 元 |
| 出 版 人 | 王　焰 |

(如发现本版图书有印订质量问题,请寄回本社客服中心调换或电话 021-62865537 联系)